Poem on the tip of the tongue

2019

舌尖上的诗

中国口语诗年鉴

主 编 伊沙
副主编 唐欣 马非

青海人民出版社

图书在版编目（CIP）数据

舌尖上的诗：中国口语诗年鉴 . 2019 / 伊沙主编 . -- 西宁：青海人民出版社，2020.8
ISBN 978-7-225-05998-3

Ⅰ . ①舌… Ⅱ . ①伊… Ⅲ . ①诗集－中国－当代 Ⅳ . ① I227

中国版本图书馆 CIP 数据核字（2020）第 140204 号

舌尖上的诗
——中国口语诗年鉴·2019

伊沙　主编

出 版 人	樊原成
出版发行	青海人民出版社有限责任公司
	西宁市五四西路 71 号　邮政编码：810023　电话：（0971）6143426（总编室）
发行热线	（0971）6143516 / 6137730
网　　址	http://www.qhrmcbs.com
印　　刷	陕西龙山海天艺术印务有限公司
经　　销	新华书店
开　　本	890mm × 1230 mm　1/32
印　　张	20
字　　数	400 千
版　　次	2020 年 8 月第 1 版　2020 年 8 月第 1 次印刷
书　　号	ISBN 978-7-225-05998-3
定　　价	88.00 元

版权所有　侵权必究

《舌尖上的诗》编委会

主　编　伊　沙
副主编　唐　欣　马　非
编　委（按姓氏首字母排序）

　　　　艾　蒿　李海泉　庞　华　唐　突　西毒何殇
　　　　闫永敏　杨　艳　叶　臻　易小倩　游若昕
　　　　赵立宏　朱　剑

脊梁:燃于冰淬于火的序

伊沙

我的两部德译诗集
《车过黄河》一二集
的责任编辑
是前东德人
老太太
她说我的诗
让她特别有共鸣
她尤其欣赏
中国口语诗的
最后一击
编完我的诗
她开始写诗了
用口语
写她过去在东德
经历的种种

此诗叫作《共鸣》，是我半月之前在维也纳创作的，之所以全诗置于本文开头，是因为它包含了一些有价值的信息，与口语诗相关：诗中老太太的芳名，按新华社译法应该叫朱丽安·达斯特，她在饭桌上请我给她取个中文名，我取了"朱鹰"，她希望她的名字中有一个包含其本意的"鹰"字，我说我母亲就姓朱，我说朱鹰在中文里还有红鹰之意，不知前东德过来的她是否喜欢，她说喜欢。五年前的春天我首次造访维也纳时并没有见到她，当时 fabrik @ transit 出版社已经答应出版我的中德语对照诗集（维马丁译），上一次和这一次在维也纳我都是住在该出版社美术编辑维莉女士位于上都布灵的画室里，我在五年后才见到我的责任编辑，围绕着最终出成两册的书——《车过黄河》第一、二集，她似乎有满肚子的话要对我说，于是便有了上面的诗。

首先，让我特别高兴的是：她接受了"中国口语诗"这个概念；其次，她把口语诗的形式特点抓得很准：最后一击——是的，口语诗不光有中国网友不怀好意、讥讽有加的"脑筋急转弯"，还有外国出版社诗歌专业编辑赞赏有加的"最后一击"！这充分说明中国口语诗已经成体——别看抒情诗、意象诗在中国出现得早，发展的时间长，让一般读者更习惯，它们成体了吗？有没有叫外人一言以蔽之的有特点的诗体？回答是：没有！没有！没有！从来没有！一直没有！前者一直跟新诗撇不清关系，现代化完成得远远不够，现代性不足；后者从一起步就根基不稳，认识不清，到现在已经变得无人操持。冰冻三尺非一日之寒，这一切的造成都来源于长期的态度——中国后口语诗人，始终有这样一个态度，那便是：你不精研文本我精研，你不创造诗体我创造！如此一来，结果立判。看完我的诗，外国的编辑开始写诗，这该叫"逆影响"，因为谁都知道：改革开放四十年来，都是别人影响我们！而影响可不是平白无故发生的，要想影响别人，你得在形式上有特点——中国口语诗；你得在内容上有含金量——我所写出的真实的中国现实质感，让她想到同样经历过社会主义时期的东德（她的故国），共鸣便这样产生了，在维也纳大学汉学系朗诵会后，在大学城的加加林咖啡馆小聚时，她从我在朗诵诗《多瑙河之波》中提及的罗马尼亚同名电影谈起，谈到了更多，那是一次相当深入的交流，一次成长史的交换，一次心灵的碰撞：

哦，年过半百方才知道
我们在儿时经历的一切
也是世界性的
罗马尼亚电影
阿尔巴尼亚电影
南斯拉夫电影
前社会主义国家
所拍摄的电影
竟也会影响
一位东德少女的成长

我在这首当晚写下的《共同的过去》中有所记载。在维也纳大学汉学系举行的中德双语朗诵会上,可以称为"事实的诗意"的胜利,与会者主要是汉学系的师生,他们可以直接听懂诗的原文,朗诵会结束后,一位20世纪80年代初来过中国留学的人高马大的女教授不吝赞美:"写得好!写得好!"而在问答环节:白立诗中写的在马来西亚的华人不可以多生,马来西亚人可以多生的不平等现象,以及庞琼珍诗中写的中国回族式的穆斯林葬礼、湘莲子诗中写到的中国式的婚姻关系和我笔下的多瑙河,都引起了他们浓厚的兴趣,没有"事实的诗意",哪有如此丰富的社会、文化、民族、历史、婚姻、伦理的信息?在这场朗诵会中,还有一个值得称道的现象,多位诗人敢于承担民族、国家的历史之重:庞琼珍写了20世纪60年代的大饥荒,图雅写了南京大屠杀,伊沙写了"文革"后无反思的现象……在冰雪运动圣城因斯布鲁克举行的中奥诗人朗诵会上,在场听众主要是当地诗人及诗歌爱好者,有一个很有意思的现象:因为是国际交流活动,两国诗人在选诗时都很注重诗的国际性,奥地利诗人侧重于在语言上体现,其中有个男诗人在一首诗中使用了三种语言(阿尔卑斯山正处于奥、德、意、瑞四国交界);中国诗人则更侧重于内容——"事实的诗意"的国际化与人类化:白立选择了马来西亚,图雅选择了泰国,伊沙选择了"两伊战争",庞琼珍选择了人类的好朋友——马,江湖海选择了全人类共同的朋友——狗……如此开阔的视野与取材,一定会让异国同行觉得:这才是开放中国的诗人,这才是东方大国的诗人!其中庞琼珍、图雅的作品纯诗走向更为明显,我是给予肯定的,因为这是中奥诗人的交流活动,在诗人内部的交流中,纯诗不可或缺,它展现的是我们的诗艺成果。关于这场朗诵会,我也有诗《反馈》:

奥地利诗人

认为最帅的中国诗人

是白立

最喜欢的诗

是江湖海的

《我常空怀宏大事物》

最知道的诗人

是伊沙

他们在《法兰克福汇报》上

读过伊沙名作《鸽子》

仅就这场诗会上中奥双方所展示的诗来看，奥地利诗人——主要是一位男诗人现场效果极好，几乎每个句子都叫人发笑，但我觉得他们更多还是停留在玩语言的层面上，不如我们"事实的诗意"来得高级——也就是说，即便是在里尔克的祖国，中国现代诗已经不显落后，并且已经有了自己的东西……而这正是我们在改革开放的四十年中奋勇直追的结果，《新诗典》开办9年来所遇到的最为高大上又最具实效性的国际交流活动，最终选择了6位"60后"诗人上阵……这是天意！对此我也有诗《因果》：

为什么最终是

六位60后诗人

齐聚在维也纳

因为这是他们

当红小兵的时候

不敢梦想的事情

在以上两场此行中最重要的双语朗诵会的现场，我都在享受"事实的诗意"的创见带给中国诗歌的先进理念与丰硕成果，我也想到了：去年，中国口语诗年鉴编委会推出的第一本书命名为《口语诗：事实的诗意》真是太对了！"事实的诗意"，就是中国口语诗的杀手锏！就是中国现代诗的杀手锏！有理论根基，有独特诗体，中国现代诗通过口语诗终于立住了！稳稳地立住了！正当我等一行怀着胜利的喜悦、收获的心情准备凯旋归国时，前方的祖国已是愁云紧锁、大疫弥漫，如我在《永远不要预约诗》中所写：

半月前我心头的一句：

"飞回祖国的大年"

已被现实修改成：

"飞回祖国的大疫"

之后，大年变大疫，过年变抗疫，我等一行分批回国，回到各自的城市，自觉隔离在家——但是诗人的诗却没有宅在家里，每一次大的社会公共事件的发生都是对诗的一次考试——小说家完全不需要用文本参加这次考试，顶多是广有影响的知名小说家需要承担必要的社会责任——但是，诗歌则不同，必须要出场，必须要上阵，谁叫你是"短平快"，是"轻骑兵"，是"文学的号角"呢？此次大疫骤起，诗便风起云涌，铺天盖地而来，首先丢人败兴的是以"新冠体"为代表的抒情新诗，一口一声"冠状君"地叫着，让人想起2008年川震时王兆山的"纵做鬼也风流"，这种舔菊舔到情感错乱的新旧体诗，真乃诗之耻焉！古体诗与抒情新诗，在大的灾难面前，在大的公共事件面前，已经毫无作为，只会白白地闹笑话，除了笑话，便是遍地差诗庸作，当抒情新诗已经堕落到主题晚会串词儿的水平，也是它该被逐出诗国的时候了！那么，意象诗呢？对不起，纯粹的意象诗在中国早已无人写，表现公共大事件，似乎也不是它的特长。除此之外，便是一些自以为还属于先锋范铸的杂语诗，抒情、意象、自言自语、夹叙夹议的大杂烩，连同行也不明所以就别说一般读者了，他们对于公共大事件的表现是无效的，徒有个人表态的作用而已。

只有口语诗。

只有在口语诗人笔下，这次灾难与以往灾难是有区别的，而不是让你感到把以往的灾难诗稍做修改便端出来应付差事，因为口语诗是具体的；只有在口语诗人笔下，你能够看见普通人的抗疫生活及所思所想，人不再被当作抒情元素，人是有血有肉的生命个体，因为口语诗中从来都必须有人的存在；只有在口语诗人笔下，你能够看到这一段非常时期中国人生活的完整生态，而不是只有抢救一线的医院、病房和病床，因为口语诗中自带生态系统；只有在口语诗人笔下，你才能够接触到大疫之下生活中鲜活的第一手语言，像生命的呼吸一样弥足珍贵，口语诗人笔下的抗疫是第一手的，不是被转述的……多年以后，读者想通过文学作品来了解这一段历史，恐怕别的文学形式，你指望不上，别的诗歌形式，你也指望不上……

只有口语诗！

正如在以往的灾难面前，口语诗内部也曾出过写作事故一样，这次某县文联主席的丑诗受到了舆论广泛的谴责，但仔细分析：此人完全不能代表口语诗今日之风貌：他学的是20世纪80年代中期"第三代"写的前口语诗：大耍流氓腔，故作假性情，把简单逆反思维当作叛逆之姿，标新立异，任性胡来，哗众取宠，结果搞砸，在全民抗疫的大气场中沦为小丑一个。这种意气用事、恣意妄为的伪自由主义、前口语诗早就该扔进历史的垃圾箱，那是现代化完成前的口语诗，在后口语诗与前口语诗之间，隔着人的现代化和诗的现代性。这次把人丢在外头的写作事故，恰恰证明了口语诗诞生38年来的发展变化与日臻成熟，离开了这个过程及其成果，口语诗值得骄傲的东西就不多了。

开年才一月，冰火两重天，也给了我把口语诗放在火上烤一烤，再放到冰水之中淬一下火的机会。38年来，口语诗在诗界与愚众的叫骂诅咒声中一路走到今天，取得了中国现代诗的最高成就，靠的是什么？靠的是口语诗人扎扎实实、埋头苦干、精研文本、不计回报、自强不息的精神！名不正则言不顺，中国口语诗年鉴编委会的成立以及第一本书的出版，令其更加合法化。一年来，我们新增了两名编委，继续做好日常的编辑工作，从定点约稿向在自由来稿中发现人才，力争早日达到两者的平衡；一年来，我们还创设、评选并颁发了首届中国口语诗奖，此奖从一创建便以其无可替代的独特性与辨识度高高屹立于众奖之林,以评奖的历史大视野和诗歌专业性而引人注目,其权威性的建立指日可待,假以时日,它必将成为所有口语诗人心向往之、梦寐以求的大奖!

  太多的事实早已证明:口语诗人不但踏实写诗精研诗理文本,做诗事也踏实有效异彩纷呈,他们就是这个时代、这个民族、这个国家真正的诗人,诚如鲁迅先生所言:"我们从古以来,就有埋头苦干的人,有拼命硬干的人,有为民请命的人,有舍身求法的人……虽是等于为帝王将相作家谱的所谓'正史',也往往掩不住他们的光耀,这就是中国的脊梁。"

2020年2月长安少陵塬

目录 CONTENTS

诗歌部分

第一辑
入选 5 首诗诗人

侯马

一位老人　　003
夏尔的筷子　　003
乌兰巴托　　004
报警　　006
敕勒川　　006

马非

过年是要花钱的　　008
我已不堪到什么程度　　009
大跌眼镜　　009
心灵鸡汤　　010
奇怪　　011

唐欣

送别　　013
认识　　013
不公平　　014
离家　　015
偶尔想到故人　　015

王有尾

我的生辰八字　　017
清明回　　018
一鸣惊人　　019
丢了拐杖的人　　020
去给自闭症的学生读诗　　022

苇欢

惊蛰日　　023
我妈很傻　　024
父亲　　025
羊肉汤　　025
牛仔短裤　　026

西毒何殇

价值导向　　028
羊毛格子衬衫　　028
好几年前的一幕　　029
灯塔　　030
寻找布考　　031

轩辕轼轲

鸡，诗意地栖居	032
飞碟的起源	032
北京的红馆上	033
令人喷饭	034
提高警惕	034

伊沙

新春誓言	036
欠	036
受奖辞	037
哑嗓金舌王小龙	038
餐桌上的观念冲突	039

杨艳

悼	041
中国媳妇	041
赤脚医生	042
地狱	043
要债	043

游若昕

对口型	045
汉奸	045
半坡的天空	046
雪上加霜	047
翻墙	047

朱剑

见面	049
剥鸡蛋	050
秋意	050
盖戳	051
蹭暖	052

第二辑
入选 4 首诗诗人

艾蒿
- 我所拥有的　055
- 比赛　055
- 足迹　056
- 现状　057

阿煜
- 过分　059
- 本诗为从未觉得而写　059
- 阿娃来到我们中间　060
- 一念　061

摆丢
- 南山竹　062
- 拍照　062
- 山人没有妙计　063
- 春火　064

东岳
- 解决　066
- 职业　066
- 档案　067
- 富翁与表舅　068

二月蓝
- 催眠曲　069
- 变化　069
- 在地震遗址　070
- 好像当年只是为了生活　071

黄海兮
- 墓地　072
- 我从不赞美它们　072
- 身份问题　073
- 见证人　074

君儿
- 给学过日语的先生写留言　076
- 曝光　076
- 台湾来的现代诗前辈　077
- 心虚的抒情诗　078

李勋阳

剩余价值　　　　　079
历史纹身　　　　　080
桃之夭夭　　　　　081
加冕　　　　　　　082

庞华

欢乐劫　　　　　　083
我为什么喜欢公鸡　084
母亲的邻居　　　　084
我还没睡够　　　　085

起子

有时候是一个字　　086
小偷丙　　　　　　086
诗歌的问题　　　　087
记忆碎片　　　　　088

唐突

比较　　　　　　　089
惊　　　　　　　　089
入世　　　　　　　090
一点儿也不可惜　　091

图雅

雨钱　　　　　　　094
烧灵屋　　　　　　094
梦　　　　　　　　095
私物　　　　　　　096

徐江

为昏迷中的老朋友祈　097
杂事诗·照片里的朗诵者　098
杂事诗·人以群分　099
杂事诗·十二月　　100

星尘小子

雪压松枝　　　　　101
今年塞钱也没人收　101
地里看不到人　　　102
吃瓜　　　　　　　103

湘莲子

病房外记1　　　　105
龙眼　　　　　　　106
命　　　　　　　　107
在柬埔寨　　　　　107

叶臻
    出生地 109
    望星空 110
    床 111
    秋实 111

周芳如
    单身女人 113
    一生 113
    清蒸后淋上炸热的葱油 114
    前任 114

赵立宏
    蓝田辋川王维墓 116
    农民诗人刘国玉 116
    从联校校长到盲人算命师 117
    弃婴 118

第 三 辑
入选 3 首诗诗人

阿文
 开往终点的班车   123
 一块抹布   124
 掏兜   125

阿吾
 多数中国诗人的逻辑循环   126
 不要的书在书房   126
 我的人格分裂   127

柏君
 一只公猴向母猴求婚   129
 中国书法家协会会员   129
 1982 年   130

陈克华
 前世的妓女   132
 七月喝粥   132
 手机   133

陈放平
 死亡的另一种意义   134

 父母爱情   134
 父亲在新房说的一句话   135

蔡喜印
 谁不会视频呀   137
 启发   138
 无题   138

杜思尚
 儿子拿着枪   140
 再活五十年   140
 隐痛的时代   141

谷驹休
 肖巴香   143
 自学成才   143
 一分钱一分电   144

侯宛岑
 迁户口   146
 埋葬   147
 写诗   147

韩敬源
  就像从废墟里伸出来的 149
  在北川中学遗址 149
  中元节 150

海菁
  答案 152
  童话 152
  风筝 153

姜馨贺
  村口的小男孩 154
  墓地 154
  乡下的小孩 155

江睿
  孤独的妈妈 156
  表哥 156
  信仰 157

李玉波
  旧教堂 158
  毛线 159
  言不由衷 160

李岩
  直溜——语言问题是我一生都没解决的大是大非 161
  现代传奇 162
  不是个生意 163

了乏
  地震来袭 164
  误导 165
  家宴 165

刘天雨
  尿毒症 167
  又失眠 167
  警察与妈 168

蛮蛮
  能婊子 169
  艺术与生活 169
  儿时清明 170

梅花驿
  听戏 171
  祖国的花园 171
  兼职 172

马金山
  未完成 173
  好香的消息 173
  诗歌 174

庞琼珍
  长相守 175
  神秘人 175

指甲盖里的睡眠	176

卿荣波

卧底	178
请求	179
菩萨暂停保佑	179

人面鱼

父亲	181
没玩手机的在干吗	182
秃顶的原因	183

宋壮壮

贴面礼	185
仪式感	185
在日本寿司连锁店我脑海里的一幕	186

释然

姚老师	187
樱桃树	188
我们仍奔跑在父亲的期望中	189

散心

禁止大声喧哗	191
发虚	192
她在丛中笑	193

盛兴

流感袭击了戏班子	195
鸡腿楔子	195

自己酿酒自己喝	196

桃子

单枪匹马	198
菊正宗独白	198
不敢点菜	199

王小龙

平行线	200
助听器	201
纪念日	202

吴雨伦

一首爱国诗	203
一种永恒绵延无尽的咒语	203
乔治亚州的华人超市，一部中国人的《荷马史诗》	204

吾桐紫

酒量	205
共享	206
没料到	206

乌城

买把新二胡	208
一条活路	208
茶马古道	209

游连斌

最好的悼词	211

春天的事故	211
隔空	212

闫永敏

用不着	213
我们的血	213
合葬之路	214

袁源

加速	216
烧纸	217
甲虫	217

赵克强

命	219
他叫句艳东	220
买肥肉	221

张螺螺

好邻居	223
救助	224
礁	224

紫伊

壮壮	226
违规的孩子	227
搞事情	227

周鸣

月夜记	229
义眼	229
一个年轻佛教徒说	230

曾璇

榨汁机	231
送葬	232
爸爸的新女人	233

张小云

彼得堡的早晨——致阿赫玛托娃	235
柬埔寨人眼中的蚊子	236
翻啊	236

左右

鸣谢	238
助听器	238
虚张声势	239

第四辑
入选 2 首诗诗人

阿嚏
　留守农民老吴算账　　　　243
　玉米成熟猪先知　　　　　243

安小吉
　大扫除　　　　　　　　　245
　拍背　　　　　　　　　　246

白水泉
　每次去诗会都像是去私会　247
　攀　　　　　　　　　　　248

春树
　大家都很不理解我为什么结婚　250
　更新换代　　　　　　　　251

沉墨
　一供二得　　　　　　　　252
　我的学霸同学　　　　　　253

草钤
　谜语　　　　　　　　　　254
　晒秋　　　　　　　　　　254

查文瑾
　难兄难弟　　　　　　　　256
　诗性解答　　　　　　　　257

城里老猫
　惊觉　　　　　　　　　　258
　买菜　　　　　　　　　　258

蔡仙
　护身符　　　　　　　　　260
　老烟鬼　　　　　　　　　260

草屋
　麻药　　　　　　　　　　262
　小时候普和伙伴进洞掏狼崽子玩　262

丛语林
　教师节　　　　　　　　　264
　月月的大名　　　　　　　264

大九
　稿费　　　　　　　　　　266
　母亲的重量　　　　　　　266

大友

雷锋佛	268
这就是诗	268

东森林

寂寞的乳房	270
碗盆	270

高歌

你们离婚后又一起睡过吗	272
当代成语：前妻上门	272

冈居木

料理	274
讨债记	274

海青

西贝柳斯公园	276
我的乳汁滋润过一个工人的眼	277

虎子

安全帽	278
喝江河	278

后后井

入殓师	280
水龙头	281

黄开兵

遗照	282
每年不知有多少人醉倒在坟头	282

胡泊

销售员	284
为老婆卷烟	285

江湖海

美国人收养的孩子	286
故交	286

居次

偏方	288
无题	289

姜二嫚

标语	290
姐姐	290

姜普元

爷爷	292
太太去了千里之外的广州	292

蒋彩云

异地恋	294
书包	294

双子

回礼	296
大黄牛被注水120斤跪地流泪	297

康蚂
　心病　298
　谷雨　298
李海泉
　通话　300
　姑父　300
李伟
　不好吃的鞋和好吃的鞋　302
　以色列　303
刘莱
　南湖序　304
　要求　304
李异
　烤猪在一条朝南走的狗的心脏里哭　306
　诗孩　307
瑠歌
　我的民间立场　309
　上帝的城　309
李振羽
　信史　311
　天色　311
李东泽
　女神　313
　两个举报者　313
绿夭
　伴　314

感叹　314
刘德稳
　十步之外　315
　命　316
黎雪梅
　原来如此　317
　流氓　317
蓝色妖姬
　拾荒的人　319
　五十七条　320
莲心儿
　北京地铁　321
　变异　322
拉萨
　遗像　323
　买只羊吧　323
陆福祥
　背　325
　小鬼坟　325
刘刚
　母亲节　327
　金祖母　327
刘傲夫
　冬天的镜子　328
　关心　329
莫渡
　稻草人　330

远景 331

明之之
　　小饭馆 333
　　草原 333

茗芝
　　爸爸多少只手 335
　　撕 335

南人
　　秦腔 337
　　老猫传 338

彭晓杨
　　叮嘱 340
　　危房 340

潘洗尘
　　请叫我稀土 342
　　人世 343

三个A
　　读者 345
　　病根 345

铁心
　　孤立的镜子 347
　　高楼里的跳绳 347

王犟
　　吃肉串 349
　　放电 349

王清让
　　诗和远方 351

　　一升白面 351

王允
　　无题 353
　　安慰 353

吴冕
　　烧烤摊 355
　　马 355

夏西
　　今天我听到了一声"啊" 357
　　借火 357

徐一峰
　　女博士和男博士 359
　　老仉养鱼 360

向宗平
　　自由体操 361
　　回乡偶书 362

邢昊
　　我问格塔丽娜耶稣是
　　哪里人 363
　　春雨贵如油 363

易小倩
　　亚洲蹲 365
　　乳腺检查 365

于行
　　相貌 367
　　接到一个打错的电话 368

云瓦
  抖音 369
  追饭的少女 369
杨邪
  读者 371
  儿子口述的高三晚自习片段 371
原音
  政治 373
  总是还要有点声音 374
隐形鸟
  太疯狂了 375
  山里人家 375
余毒
  放风筝的人 376
  新赤脚医生 376
玉泽
  在自主洗车的地方 378

杏花 378
周洪勇
  只有太阳值得学习 380
  弥留之际 380
周晋凯
  搀扶 382
  母亲的诗 383
赵思运
  馍馍尿。1978 纪事 384
  小学二年级时的一次发言 384
庄生
  一路走好 386
  诗本 386
张明宇
  父亲的利息 388
  先进经验 389

第 五 辑
入选 1 首诗诗人

白立
 抒情诗人如是说　393

笨笨 .S.K
 问路　394

北浪
 碑文　395

冰雪客
 沉　396

陈语彤
 债　397

从容
 搬回妈妈的遗像　398

苍果
 没你这儿子　399

窗外
 遇见　400

陈万
 无题　401

陈杰
 寻找　402

查帅
 体罚　403

代光磊
 工作总结　404

董锦奇
 报志愿　405

德乾恒美
 心念　406

段保兴
 生生不息　407

冯桢炯
 不算数　408

埂夫
 认错人　409

何金
 守墓人　410

荒目
　表姐　411
汉仔
　无限期旅行　412
韩德星
　结　413
洪恩博
　摩斯密码　414
黑瞳
　小秘密　416
寒玉
　给领导发福利了　417
蒋雪峰
　姓　418
江雨
　老实巴交　420
蒋涛
　妈妈　421
菊城阿萧
　无题　422
口哨
　大哥哥　423
李锋
　无题　425

里所
　鹅　426
卢宗保
　祖孙三代　428
李子缘
　寻土　429
廖兵坤
　相濡以沫　430
鲁子
　狱友题壁诗　431
芦哲峰
　打牌　432
刘溪
　老味桃酥　433
刘健
　我经常从广济寺门前走过　434
刘川
　国籍　435
绿鱼
　德克士只营业到凌晨三点半　437
默问
　串台　438
麦莎
　两个不同的病人　439

马俊华
　　相信　　　　　　　　　　440
全京业
　　遗产　　　　　　　　　　441
秋临
　　今天我们说起母亲　　　　443
宋晓贤
　　风信子　　　　　　　　　444
水央
　　想想人生就如此　　　　　445
索河
　　面纱　　　　　　　　　　446
四面来峰
　　公园里的草　　　　　　　447
沙凯歌
　　人鸦　　　　　　　　　　448
石蛋蛋
　　皈依之后　　　　　　　　449
司汉科
　　鱼的中秋　　　　　　　　450
苏不归
　　猫眼　　　　　　　　　　451
孙虹凌
　　诗人的非正常死亡　　　　453

沈熙雯
　　敬业有时是种病　　　　　454
天狼
　　五楼上的陶渊明　　　　　455
维马丁
　　大雁塔　　　　　　　　　456
韦笳
　　潜规矩　　　　　　　　　457
王林燕
　　罂粟啊！向日葵　　　　　458
吴长杰
　　商贩　　　　　　　　　　459
吴涛
　　记录口语诗的一次命运　　460
小女巫
　　英式审美究竟是个什么鬼　461
小虾
　　满地找牙　　　　　　　　462
下潜
　　垃圾分类2019　　　　　　463
小亮
　　经济危机来了，让我们
　　　一起吹泡泡　　　　　　464

西娃
　　孩子们　　　　　　　　　465
辛刚
　　春味　　　　　　　　　　467
杨渡
　　一节课三个老师　　　　　468
岳上风
　　会垒石头墙的人不多了　　469
晏非
　　口头生死状　　　　　　　470
袁魁
　　通天塔　　　　　　　　　471
易巧军
　　雕刻家　　　　　　　　　472
鱼浪
　　最幸福的事　　　　　　　474
邹雪峰
　　公园的栏杆　　　　　　　475
张敬成
　　和父亲同龄　　　　　　　477
张进步
　　微信时代的牛奶推销员　　478
张才模
　　荣耀　　　　　　　　　　479
曾庆群
　　克制　　　　　　　　　　480

赵雪峰
　　一条腿担怕保不住了　　　481
朱广录
　　默契　　　　　　　　　　482
曾忠
　　万岁　　　　　　　　　　483
卓仓果羌
　　孩子　　　　　　　　　　484
张翼
　　英雄　　　　　　　　　　486
张小白
　　好消息　　　　　　　　　487
赵小北
　　我记得奶奶的寿衣是一件旗袍 488
周瑟瑟
　　玉米　　　　　　　　　　489
张文康
　　偷骨灰　　　　　　　　　490
张心馨
　　小学警卫　　　　　　　　491
张一兵
　　称呼　　　　　　　　　　492

理论部分

徐江
诗歌的敌人　　　　　　　　　　　　495

韩敬源
口语诗叙述上的"精彩自呈"在创作实践中的
一些具体性特征　　　　　　　　　　557

君儿
口语诗，如何写出事实的诗意　　　　577

伊沙
狂犬疫苗　　　　　　　　　　　　　590

附录部分

首届中国口语诗奖授奖词和受奖词　　597

诗歌部分

第 一 辑 ——— 入选 5 首诗诗人 ——— ○

侯马

一位老人

躺在马路上抽搐
旁边是围观的人群
我上前问道
您哪儿不舒服
要不要打120
老人摆摆手
清楚地说
不要打120
打110
我有些话要说

夏尔的筷子

我有一个严苛的祖父
我幼时学习用筷子
姿势不对
他毫不留情地
用他的筷子

猛击我的手指
我觉得我对礼数的遵从
特别是我是中国人的品质
就是他这么敲打出来的
但我竟然一点想不起
夏尔小时候
是何时学习
又是怎样使用筷子的
心中不由涌起
对他爱的愧疚

乌兰巴托

十年前我参加过
一个不伦不类的
国际诗歌节
有几个年轻的日本大学生诗人
一个韩国中年女诗人
一个伊朗诗人
但主要是中国诗人和蒙古国诗人

我读了诗歌节的作品

大多老套

也不知是翻译的问题

还是大体也就如此

蒙古国诗人

主要吟诵太阳、星星、月亮

领头一位老人

声音洪亮

白须长袍

一位乌兰巴托的姑娘

据说是当代蒙古

最有才华的诗人

有一天我问她每天做什么

她笑笑回答说睡觉

我想说那你应该写现代诗啊

但语言不够沟通复杂意思

当我十年后即将前往乌兰巴托

知道这座城市

漫长的冬季几乎天天飘雪

每年九月开始到次年五月

仍在供暖

我才意识到她也许
真是想聊聊天气

报　警

市局接到报警电话
天空出现不明物体
出警的民警发现后追赶
车走似乎物体也走
从郊区一直追到东直门
那物体总是离得很近
但却难以企及
我们度过了一个不眠之夜
后来接警员小心推测
会不会是金星

敕勒川

在一家副食品批发部
店主问我们查啥的
我一眼瞥见货架上的粘鼠贴
就问她有老鼠吗

她说老鼠可多哩
我顺势问有没有黑社会
她说哎呀不知道
我问有人欺负你们吗
她说那你得问问外地人
我们本地人
就是买东西老赊账

马非

过年是要花钱的

小严为省 200 元
自己擦玻璃
结果被冷风一吹
感冒发烧了
打三天点滴
花 600 元才压住
这是今年过年前
发生的事情
更早的时候
康师傅为省 80 元
自己擦玻璃
结果掉下来了
幸亏住的是一楼
但还是在家躺半年
花 2 万元才好

我已不堪到什么程度

昨晚散步途中

遭遇一个背书包

言称刚结束补课

满脸焦急的小女孩

找不到妈妈了

朝我借手机一用

在没有接通之前

有那么一会儿

我居然怀疑

她是个小骗子

脑海里还闪现出

如何夺回手机的

几个动作

大跌眼镜

他说:

"避孕是不道德的"

他还身体力行

违背妻子意愿

一生之中

让她像猪一样

十六次怀孕

生了十三个儿女

其中五名夭折

还有三次流产

这话是伟大的

托尔斯泰说的

这事自然也是他干的

心灵鸡汤

老王喜欢给

上大学的儿子

手机私信里

发心灵鸡汤

他的理由是

是鸡汤就有营养
可是被儿子
斥之为"幼稚"
让老王想不明白
尽管如此
他还是照发不误
直到有一天
在连发三篇之后
得到如下回复：
"去你妈的！"
愤怒的老王
打微信电话过去
发现已被拉黑

奇　怪

我妈七十有四
记性不好了
这没什么奇怪的
让我奇怪的是

她对三个儿子

两个孙子

和一个孙女

以及她的七个

弟弟和妹妹

还有一些远房

亲戚的生日

了如指掌

分毫不差

而我彻底记住

她的生日

还是近几年的事

唐欣

送　别

送别父亲　走在最前面
作为儿子　他捧着盛放
香灰的瓦罐　在大门口
他需要高举起来摔碎
永远的笨蛋　即使此刻
也不例外　任务是完成了
但香灰也洒在了他的头上
还有身上　他注意到姐姐
和妹妹的表情变化　他知道
如果　父亲睁眼看到这一幕
多半也会露出　熟悉的微笑

认　识

1989年冬天　我收到署名
伊沙的一封信　马朝阳介绍
我们可以聊聊　当晚就去宿舍
见到了他　白净书生　穿呢子

大衣　还有围巾　声音响亮
谈起诗歌　对上暗号　原来是
自己人　但明显比我的才华
要高出太多　过去我只是在
书本里　见识过这样的人物
谁能想到　此刻就在对面坐着
纵论江湖　一起笑个不停

不公平

一位梳着道士头的男生
去参观了鲁迅的故居
他注意到　外面的大街
热热闹闹　而这个小院
却冷冷清清　这不公平
说着说着　他给气哭了

离 家

假期结束　离家的时候到了
怎么跟母亲道别　是个难题
这种艺术　经历无数次　仍然
学不会　说得早了　担心她
睡不好觉　说晚了　又怕她
觉得太突然　但午餐后就得
去赶火车了　眼睛望着别处
他终于开口　妈　待会儿我
就要回北京了　沉默了片刻
哦　母亲问　是要开学了吗
是　反正　假期我就又回来了
嗯　那好嘛　说完　他们一起
看着电视　就好像　刚才
什么事情　也没有发生

偶尔想到故人

学生时代　也不乏这样的

惊悚时刻　在郊外行驶的
那时难得一坐的小汽车后排
位于中间的女诗人　悄声
告诉他　其身旁的另一位
诗人　是个骗子　噢　那可是
他的朋友啊　他的心跳霎时
都要停止了　但他面无表情
虽然不大相信　可是心里
还是　留下了阴影　现在
那位早已分道扬镳的故人
在文学　甚至在政治方面
果然发展得　都挺不错的

王有尾

我的生辰八字

朋友算命
要问生辰八字
我记不得
便给大姐打电话
她正在一台
电锯前锯木头
说记不得了
大哥应该记得
我便给大哥
打电话
大哥正在河边
鼓捣水泵
他说该问二哥
咱家就他记性好
不过现在
他正在去越南的
飞机上
他要去胡志明市
弄一个砖窑厂

还问我

要不要他回家

问问母亲

我说不用了

今年春节回家

我和患阿尔茨海默综合症的母亲住一屋

已经问了

但她早已忘了

还搪塞我

说不是早上

就是晚上

清明回

老同学乙来西安

大家一起吃饭

同学甲举起酒杯：

"这个酒，你得干了。

每年春节回家，

都见不着你人。"

同学乙一饮而尽：
"可不见不着，
你们都是春节回，
我是清明回。"

一鸣惊人

睡到半夜
被一阵蝉鸣
叫醒
我打开微信
才知道
四川地震了
朋友圈里
有人晒西安的居民
也有半夜
跑到街上的
我叫醒老婆
告诉她刚才地震了
她说要不要

下楼看看

我说不用吧

楼下静悄悄的

只有知了叫

老婆说

还没过6月

哪来的知了

我仔细听

不是蝉鸣

是又他妈的

耳鸣了

丢了拐杖的人

大唐隐市的

卫生间

一个拄着单拐的

老头

在男女之间的

残疾人专用厕所

停了好一会儿

却和我一起

进了男卫生间

他把单拐

倚着墙放好

又用左手

慢吞吞地弄拉链

我也解开腰带

与他站一排

时间静止了有

两秒

"哗啦啦，哗啦啦"

我俩同时出了

一口长气

也许是

尿得过于

顺利

他出去时

竟忘了

自己放在

墙角的拐杖

去给自闭症的学生读诗

西毒何殇

正在读一首诗

一个学员忽然说

"按摩"

西毒何殇

就给他按摩

一会儿他又说

"捶背"

西毒何殇

就开始捶背

又过了一会儿

西毒何殇问他

"感觉怎么样?"

那个学员答:

"忒色"

苇欢

惊蛰日

冒雨上了 69 路车
跟在我后面的
是一对小情侣
他们顺势坐在我后面
两个人一直在聊
"雨把我裙角都弄脏了"
女孩开始嘟囔
男孩一边擦一边说
"这雨下得跟你头发辫似的"
紧接着压低音量
"今晚咱俩那个一下呗"
"坐车呢,你又瞎说
不过的确很久没有了"
在女孩彻底压没音量前
我还听见她说
"我也想了"

我妈很傻

我妈刚嫁给我爸的时候
医院就诊断出
我爸患有严重的抑郁症
得知她怀了我
她在卫校的恩师
李志名老师
多次劝她去堕胎
防止遗传给我
甚至威胁她断绝师生关系
那时我妈忙着四处打听
给我爸治病的事
权当耳旁风
听到这里
我实在没忍住：
"你真是傻得可以！"

父　亲

艾蒿把他女儿曼祺

送来我们房间

并交给我一个

装着牙具的小塑料袋

说今晚就交给你了

还有东西没拿

他又转身上楼

回来的时候

像掏钱一样

从裤兜里掏给我

窝成一团的小内裤

羊肉汤

洛阳最好吃的羊肉汤

是龙门李家

三旦羊肉汤

就在千年古刹

广化寺的

山门外

牛仔短裤

几年前的一天

我去广州探亲

坐夜间的城轨回珠海

路上困乏睡着了

等我醒来

发现旁边不知什么时候

坐了一个老头

手里捏着生殖器

绝望地看着我

我吓得一激灵跳起来

旁边的乘客

没有一个吱声的

我慌忙去找乘务员

回头却见那老头

已逃去下一节车厢

到站后

我惊魂未定地跑回家

冲进卧室

对当时还是我丈夫的他

一股脑说出我的惊恐和愤怒

他似乎快睡着了

转过脸看看我

慢悠悠地说

"谁让你穿牛仔短裤的"

西毒何殇

价值导向

我相信
有一部分
原始人
反对把野牛交媾
画到岩壁上

羊毛格子衬衫

父亲去世后
整理他的衣物
翻出两件
羊毛格子衬衫
其中一件
我穿着尺寸刚好
另一件有点小
就顺手递给妻子试试
想不到她穿上
竟然十分合身

非要拿走自己穿

昨天从干洗店

把衬衣拿回来

她问我

"你看我像爸不？"

我说特别像

她说那你叫爸

"爸——"

穿羊毛格子衬衫的人

没有答应

好几年前的一幕

我们在绿岛咖啡

聊起普拉斯

随之谈到休斯的

《生日信札》

伊沙正从厕所回来

他问

你们说的是白休斯还是

黑休斯？

我们说白休斯

我喜欢黑休斯，他说

灯 塔

去年初带着

病中的父亲

到澳大利亚自驾游

因为一路

牵挂他的病情

加上澳洲

地广人稀

没写什么诗

如今一年半过去

父亲去世

回想起那次旅行

脑子里空空荡荡

只记得

那座有灯塔的山顶

那个捕捉风声的人

寻找布考

在圣佩德罗
美不胜收的
绿山公园
整齐排列的墓碑丛中
搜索了两个小时后
我终于引起了
一位管理员的注意
我向他解释
我找不到亨利·查尔斯·布考斯基
他笑着说
"噢，布考斯基
你们大概很久没有来
看过他了吧？"
当他知道
我是从中国来的布粉后
主动开车带着我
来到一个山坡下
手指着漫山绿草——
"就在那里
有啤酒的地方"

轩辕轼轲

鸡,诗意地栖居

一位抒情诗人
来到蒙山
看见树上蹲着一群鸡
忍不住赞叹
"鸡,诗意地栖居"
路过的当地人说
"都是让黄鼠狼子给撵的"

飞碟的起源

"文革"时期
剧团也分为两派
他们既不文斗
也不武斗
而是趴在
相距不远的屋脊上
互相扔瓦片
开始手生

噼噼啪啪碎了一地

后来手熟了

接到对方的瓦片

就能原路给扔回去

从小耳濡目染的我们

长大后

迷上了扔飞碟

北京的红馆上

在北京国贸红馆

我掏出一瓶红酒

让服务员帮着打开

他走过来说

得付二百元开瓶费

我说"消保法"规定不准收

他说"先生，我们有

最优秀的律师团队

是打不赢我们的"

我说犯得上吗？

他说"好吧,领导不在

我偷偷给你打开"

令人喷饭

古往今来

出现了数不胜数的笑话

令人喷饭

但是在那些

吃不上饭的灾年

就算天大的笑话

也只能令人喷树皮

喷观音土

喷 XX

提高警惕

看完《黑三角》

我们再看卖冰棍的人

就更像特务了

我和卫东

攥着硬币在窗内喊

"买冰棍,买冰棍了"

等他跑过来

宝华就迅速掀开

自行车后的箱盖

抓出一把冰棍

每吃一根

我们都展开冰棍纸

对着太阳

看有没有情报

伊沙

新春誓言

不论时代
将经历怎样的
中国式循环
你都只有一辈子
一旦醒来
就不能再睡过去
一旦站起
就不能再跪下去
一旦开蒙
就不能再蠢回去
一旦起飞
就不能再落下去

欠

我在看一部
表现非洲
血吸虫灾的

美国电影时

（他们歌颂志愿者）

才想起

我和所有中国诗人

欠我们

伟大的同胞

屠呦呦女士

一首赞美诗

她研发的青蒿素

在非洲

救了一百万条命

但是没有人

把她叫一声

圣女

受奖辞

我所听过的

最牛逼的受奖辞

不是奥斯卡盛典上

黑泽明大师说：
"其实我不懂电影"
而是中国女诗人湘莲子
在柬埔寨金边的咖啡馆
领取亚洲诗人奖时说：
"感谢诗歌
让我平稳度过了更年期"

哑嗓金舌王小龙

他的嗓子
如果只是沙哑
就可以就近进
上海电影译制厂
接邱岳峰大师的班了
但是
他的嗓子
其实是喑哑
发声很困难那种的
那就没戏了

且去作诗

且去做中国诗歌史上

第一首口语诗

叫作《纪念》

在1982年

这年7月

他获得平生第一项诗歌奖

首届中国口语诗奖金舌奖

我在酒桌上说：

"你们听……他这嗓子

写口语诗就是这么费（废）嗓！"

餐桌上的观念冲突

周一中午

我炸薯条

妹妹煎牛排

给她的三位美国娃娃

做了一顿西餐

牛排一人一大块

妹妹说她不吃

让给了老大

老大毫不客气地接受

当舅舅的

看不下去了

开腔道：

"小宇，你应该切一小块

让妈妈尝尝"

美国娃娃毫不含糊：

"美式教育跟你们不一样

讲的是自取

她有需要就会自己拿"

我义正词严道：

"在这一点上

美国教育没有中国教育好"

杨艳

悼

夜里为伯父

守灵的人们

去地里收回

伯父前阵子

种的毛豆

煮熟

在他身边

边吃边聊

中国媳妇

她已经一个多月

没和丈夫说话了

也不给他和儿子做饭

但鬼节那天

还是照旧回老家

给婆家的祖宗们

煮了一桌饭菜

送到祠堂祭拜

赤脚医生

外公生前医术高明

很多外村的人请他看病

出诊时

外公背一个牛皮药箱

回来时经常从药箱里

拿出一袋病人家属给的鸡蛋

有时家里鸡蛋不够吃了

外婆就念叨

你外公很久没下蛋了

地　狱

好友父亲突然病逝
留下一栋五层楼的大房子
她母亲夜里不敢一人在家
就去她姨家睡
她姨是个基督教徒
每晚对她母亲传教
最后直接说
她若是不信教
就要下地狱
她母亲只好
回自己家
一个人睡

要　债

伯母突发心梗去世
她最好的朋友去算卦
说伯母想带她一起走

教她从此午后不要出门
一天下午她有事去县城
她老公当晚脑溢血死了
之后很多人说村中闹鬼
我哥一气之下
登录伯母微信
以她的口气更新朋友圈
让那些欠她钱的人速来还债

游若昕

对口型

学校要举行朗诵比赛
训练时
当领读员读到
我们爱你啊……
那声音
令我
浑身起鸡皮疙瘩
于是
我全程都在对口型
没发出一点声音

汉　奸

有几个同学
知道我会写诗后
特意去网上搜
我的诗
当他们看到

我写的《日本》时

就愤怒地指责我

你是中国人

怎么能写出这种诗

真是个汉奸

半坡的天空

在西安

半坡遗址

闫永敏对

半坡人

并不感兴趣

她一直拍

天空

那是半坡人的天空

也是闫永敏的

天空

雪上加霜

今天的作业

很多很多

可是头痒

抓一下

头皮屑

和雪花一样落下

要洗头

浪费我

宝贵的

20 分钟

真是雪上加霜

翻　墙

一个人

把花圈上的名字

写错了

又返回殡仪馆

想把花圈上的名字

改掉

却发现

门关了

他只好爬墙进去

又爬墙出来

这一幕

被另一个人

拍了下来

朱剑

见　面

多年前
"下半身"诗歌运动正火时
某诗评家去京城办事
想见见沈浩波和南人
让我先联系一下
我照办了
之后就忘了

有天在公交车站碰见他
我突然想起来
问他去见沈浩波他们了吗
他说没有
我刚要问咋回事
他慢悠悠说我在酒店
他们来见的我

剥鸡蛋

一群人去吃早餐
不知是谁
给领导
剥了一个鸡蛋

滑嫩蛋白上
留下了一枚
清晰的
指纹

秋　意

初秋正午
卖肉的男人
趴在肉案上
睡午觉
和一颗猪头
同案共枕

赶苍蝇的

红布条

在他们头上不停

转动

盖 戳

这位官家诗人

新出的诗集

并无质的变化

歌功颂德依旧

陈词滥调依旧

除了封底上

多了一个二维码

像早市卖的

猪屁股肉上

盖的蓝戳戳

蹭　暖

我见到一个
很会过日子的人
冬天不缴暖气费
因为是地暖
上面下面还有
旁边的邻居家都有
夹都把他家给
夹热了

第 二 辑 ——— 入选 4 首诗诗人 ——— 〇

艾蒿

我所拥有的

在这人烟稀少
寒冷又广袤的土地上
只有大地与我耳语
如果你不能与我
分享孤独
就不要打扰我的孤独
它离愤怒仅有
一步之遥

比　赛

两个乒乓球台
正打球的四个老头
突然聚成一堆
摘下各自的手表
比谁的时间
走得最准

足 迹

小时候

家乡的山中

太阳早晨九点升起

下午三点落下

后来在西安

太阳早晨六点升起

七点落下

如今我身居的重庆

雾多

我还没注意到

太阳从哪里升起与落下

我似乎总没有

太多时间去观察

如果在这里

我一直生活到年老

看明白了这里的

日升与日落

也许我就可以说重庆

是我的家

现 状

我的舅舅因为癫痫
在家里突然倒过
在干活的地里突然倒过
走在路上突然倒过
吃饭的时候突然倒过
突然就
倒在地上抽搐
口吐白沫
最后一次他
走在悬崖边的山路上
突然倒下
我在俄罗斯机场
见过一个人
突然也这么倒过
头上流出的鲜血不断
后来他在众人合理的帮助下
得救了
随后机场的医疗队
将他带走

我突然想起了舅舅
如果他也能倒在机场
可能他就会
痊愈了

阿煜

过 分

追《大秦帝国》
刚好看到
白起攻下楚国郢都
针对屈原
吟诗走向湘水深处
这一幕
我发出疑问:
"这也算投江?"
"你想让他怎么投
他又不是跳水运动员!"
蛮蛮怼了我一句

本诗为从未觉得而写

是从什么时候开始
奶奶炒的饭菜
不那么香了

当我有一次无意听到

她向邻居老太太哭诉

她经常等菜市结束

捡一些菜叶

带回家给我和妹妹炒着吃

我知道那是爷爷去世

妈妈不在身边

爸爸锒铛入狱

家庭最困难的时期

但我从未觉得

生活如此不堪

阿娃来到我们中间

诗人大九的女儿

叫大诗小诗

长得也好看

我和蛮蛮都很羡慕

我说以后生个女儿

就取名阿娃

蛮蛮立即反对

"阿娃不好

阿娃是个

苦命的女人"

一　念

以一步两阶

出地铁时

发现旁边扭动着

一个患有腿疾的

少女

让我觉得自己

不应该

摆丢

南山竹

挖冬笋时
遇到一截竹子
刻有两行字——
木江　打短命的
你死到哪里

拍　照

他让独自烤火的孩子
去把放羊的伙伴叫来
给每人两块钱
就有了照片里的六个孩子
在冬日午后
一起烤火
他对我说：这张照片
得过奖

山人没有妙计

儿子不能在上海

上高中

转学的事

还没有什么眉目

我们一家人的生活重心

将会有怎么样的变化

我边走边想

夕阳

正打在华志路上

一辆电瓶车迎面停下

十五六岁的女孩

朝小河边大喊：

爸——爸——

我去溜达了啊——

钥匙——在鞋里——

听得我眼泪就要淌出来

儿子，咱们还是

转回贵州吧

上海没有家

我们的钥匙

一直在换

春　火

早春夜半

我们几十人

蓬头垢面地挤在居委会

七嘴八舌述说自己

如何从睡梦中惊醒

又如何从浓烟中逃命的

失火的那户人家在吗

从二楼跳下来

一瘸一拐的女孩大声问

怎么失火的

没人应答

我们各自报出住几零几

独缺105

正疑惑之际

居委会张大姐进来——

105住的是两个小姐

被警察带走时

电热毯插头

没拔

东岳

解决

"操,我就不信了"
群众甲顿了一下说,
"你能把我这句话写进诗里吗?"

我说能
在场的意象诗人乙嘿嘿笑:"不可能!"
我说:"你看着,我把你这句也写进去!"

职业

这真是一名职业的
罪犯
在庄严的法庭之上
作为组织里唯一的
一名大堂经理
在最后陈述时
仍然说了句:"祝法官们
身体健康

万事如意"

档 案

翻阅某组织成员

入会前的档案本

发现

在政治面貌一栏

"70后"的几个男人

写的是"清白"

"80后"的几个青年

填的是"一般"

而1998年出生的

两个孩子

在该栏目写的是"团员"

并在上面按了红手印

富翁与表舅

在表弟家
遇到表舅
他是名医生
他讲到他新看的
一个病号
那个病号说千万救救他
他是个拥有一个亿的
富翁
表舅笑着说:"不,你现在是
我的一个需要 28 个胰岛素
才能治疗的
糖尿病患者
来,我给你开药"

二月蓝

催眠曲

怕旁边的人
吵得我睡不着
李曼祺悄悄用一个
矿泉水瓶盖
盖住了
我的耳朵
于是我就听到了
从她身后传来的
湖水的声音

变　化

宜宾地震以后
平常关系不够和睦的
同事们
一大早见面
有了相互的问候
早

早

早

在地震遗址

走在北川县城的街上
看着两边
或切开　或移位
或下沉
或扭成麻花状的房子
我双腿发软
尽管同行的十一位诗人
就走在身边
可我老觉得他们
走着走着就会
消失不见
把我留在这里

好像当年只是为了生活

和九年不见的 D
聊到以前共同的几个朋友

"感觉他们都
变偏激了
经常转发一些愤青
甚至敏感的东西"

"那些人
自退休以后
脑子就坏掉了
朋友们纷纷远离"

他们成长得
可真慢啊
似乎老了才活到
叛逆期

黄海兮

墓　地

竹林里一排低矮的房子
它后面依次并排着几百多年来
被人遗弃的墓地
它是曾氏某支的先人
那里睡着不同的人
他们的身份一定是某人的爷爷，父亲和儿子
但不能确定的他们是乡绅，地主，官僚还是穷人
也不能确定他们是杀人犯还是道德模范
但从墓碑上刻着的一些剥落或斑驳的字看
不分彼此的是
他们身体躺下的地方长了相同的杂草

我从不赞美它们

我栽下的
柿子树 4 棵
枣树 4 棵
樱桃树 12 棵

梨树和核桃树各 6 棵

香樟树 42 棵

枫树 20 棵

黄桷树 10 棵

桂花树 120 棵

死掉的柿子树 1 棵

香樟树 5 棵

枫树 3 棵

黄桷树 7 棵

桂花树 5 棵

这些存活下来的树

多于死去的树

它们站在一起时

我从不赞美它们

身份问题

我承认我诗里出现的人物

黄四、李三儿、张六

这些名字是我虚构的

他们的小名是动物的一种学名
细狗、羊、水牛
也可能是对自己身体缺陷的一种命名
"瘸子""瞎子""哑巴"
他们被忽略了姓氏
还有人——
被人以他们父亲的家庭成分问题取名
"地主""右派""反革命"

这些故乡活生生的人
他们死后才可以在墓碑上
刻上自己的姓名
——某某大人

见证人

她25岁时丈夫死在朝鲜战场
她儿子在1960年饿死了

她女儿嫁给了"走资派"
畏罪自杀了
但她活到了今天
92岁的老寿星
坐在养老院的轮椅上晒太阳
人们羡慕她晚年的生活
领导又来看望她
叫她好好活着
做幸福时代的见证人

君儿

给学过日语的先生写留言

丈夫中午打完饭
去接实习生的儿子
他拍来做鸡蛋汤的视频
我回复说"呦西"
一会儿他又拍来空锅的视频
意思是他做得不错
两人都喝完了
我马上回了一个"唆嘎"

曝　光

马路中央的隔离带
一个黑衣女人
正握着手机喊叫
从她身边经过
我只听到了
"找媒体曝光"几个字
曝光并不是难事

作为媒体人

我就这么干过一次

为一个被银行辞退的女工

而曝光了法院和银行

结果怎么样呢

被以开除公职威胁

又被罚没 400 元钱

台湾来的现代诗前辈

陈克华

在江南诗会的前两场

并没订上货

到太湖岸边

心上的书店且停停

他突然读了一首

此行中写的一首口语诗

边唱边读

终于订上货

伊沙殷殷嘱咐

希望他把口语诗写作

带回台湾

又不免担心地提醒

你这样写了

你的朋友,宝岛其他诗人

会不会不高兴啊

心虚的抒情诗

那年在北京

中岛《诗参考》组织颁奖

沈浩波端着喇叭朗诵完

上新诗典的作品《玛丽的爱情》后

我发现随之上台的女诗人

朗诵她的情意绵绵的抒情诗时

突然没有了底气

自己把自己读笑了

李勋阳

剩余价值

自行车修理摊

摊主

正在给一个中年男人

骑来的小黄车

进行改装

分别加了个后座架和前筐

我们三个路过时

听到中年男人小声说

"你能不能把车颜色

给我重刷一下"

摊主呵呵笑着说

"怕什么

小黄车都破产了

谁还说你啊

再说你这也是

帮他们

发挥剩余价值"

历史纹身

上次回老家

父亲对我说

你不要到处说

贾平凹写得不好

"一是人家是咱这地方

的名人

二是世事难料

你们这代没经历过

有时候

危险

都是从哪儿来的？！"

我嘴上连答应着

心里却想

"以后我再说的话

也不会让你听见"

实际上我也从没在父亲面前说过

不知道那些话他是怎么知道的

桃之夭夭

这一带土地
听说
要被征收
父亲和母亲
也去买了点桃树苗
栽在自家的田里
以期多获点赔偿
比如一棵树
多赔偿几十块
他俩头两天刚栽好
过几天去
发现一棵都没有了
全部被旁边田地的人
挖去
移栽到他家田地上去了

加　冕

儿子走着走着

就发懒

要我把他

架在我脖子上

他双手紧紧掰（抱）住

我的额头

"老李——爸爸

看我变成了你的王冠"

庞华

欢乐劫

周末中午
在酒店开席时
我把
我得了长安诗歌大奖
首届评论奖
作为我摆酒席的理由
告诉大家后
我妈站起来问我
"一群不认识的人
发大奖给你?"
我点点头后
她对一大家人宣布
"今天这酒席
必须
归我摆"

我为什么喜欢公鸡

墙头上
一只公鸡被漫天朝霞惊呆
忘了打鸣

母亲的邻居

老万头躺在躺椅里
晒着春天的太阳
我羡慕得不得了
经过时喊了一声万叔
他冲我笑得很灿烂

这时
我还不知道
他已经动弹不了了

我还没睡够

与两个同事
在食堂吃午饭
他们谈到前天半夜
一个人在工作电梯里
被关了 4000 多秒
差点跟维护人员打起来
他们不知道那是我
坐在里面睡着了
维护人员打开时
我还没睡够呢

起子

有时候是一个字

打开电脑中的一张
我妈的照片
看了很久
越看越不像我妈
有时是在街上
看到一个背影像我妈
等她转过身来
又不是

小偷丙

有一年也是年底
一个小偷
进入我大姨家偷东西
什么都没翻到
最后在厨房找到了
一些剩菜冷饭
全部吃完

还喝掉了半瓶料酒

诗歌的问题

有一天半夜
一个男人
（一个诗歌爱好者）
给我老婆打电话
（他也有我的号码）
他要我老婆转告我
不要再写口语诗了
（原话是说
不要像伊沙那样写诗）
好多年了
我差不多都忘了这事
今晚是在想一些
诗歌的问题时
又一次想起
但我首先想到的
是人的问题

这家伙居然在半夜

给我老婆打电话

记忆碎片

我牵着我的

苏格兰牧羊犬

走在大街上

遇见一位老农

一脸慈祥

上来跟我打招呼

"你的狗

打算什么时候杀?"

唐突

比　较

坐在丹江路
飞环天桥前的不锈钢椅子上
写诗

和贾岛
骑在驴上写诗
比一下

谁的感觉
更好些

惊

站错了地方
我对着一面墙壁
想看到
自己的面孔

入 世

1863 年
北京

一个产妇难产
婴儿只伸出来一条腿
一位精通中医的
老先生说
"给他穿上一只鞋
让他自己走出来"

婴儿与产妇
都死了

老先生发了一通
道学感叹
"入世难啊
只穿上一只鞋
确实
是不行的"

一点儿也不可惜

20 世纪 80 年代
我对分配到我单位的
喜欢文学的年轻人说
你们不要急于写作
首先要改善自己的
处境和地位
先争取当工长
一个工班十来号人
你当了工长
起码就有十来号人
不敢欺负你了
能够管你的
就只有车间主任
和段领导了
然后争取当上车间主任
那就有一百来号人
不敢欺负你了
能够管你的
就只有几个段领导了

然后就要争取当上段长

那就有一千多号人

想来巴结你了

能够管你的

那就只有分局领导了

我的这些话很有效

后来不少文学青年

都当了各级领导

最大的当到了

相当于副省级的大局长

他们绝大多数

都不搞文学了

我一点儿也不觉得

他们的文学才能可惜了

他们之中只有一个

当了书记还在写诗

不过很有趣

他在一首诗中写道

"你不要急于写作

首先要改善自己的

处境和地位

先争取当工长……"
这些话是他妈妈告诉他的

图雅

雨　钱

入夏以来
我出汗最多的一天
下班回到小区
突然啪啪啪的声音落在
停车场
一分、二分、五分……
简直数不过来
这些已经不在市面上流通的硬币
被天空哗啦啦倒入这里

烧灵屋

让我去买灵屋
我就买了
让我抬上去
我就抬到焚烧池
让我烧掉它
我就烧

让我烧真钱

我拿出零钱

亲戚说：

"大姐真小气"

我说："人民币不能烧

烧是犯法的"

他不好意思了

梦

母亲在指挥一群人

我在拥挤的人群中

好不容易才挪到她的面前

叫她妈妈

她用领队的口气告诉我

你母亲已经去世了

三十多岁的浑身是劲儿的母亲

继续着她的工作

没多看我一眼

私 物

把儿子旅行箱里的衣物
拿出来洗时
看见一个小包
拉开看了一眼
里面只有一个小纸盒
都是外文
看了半天才知道是套套
心里不免一惊
但她默默放进去了
就像没看见
想起 30 年前
母亲在女包里
发现了避孕药
追问妹妹
那次差点出了人命

徐江

为昏迷中的老朋友祈祷

又是一个
同龄老朋友
昏迷的消息
这次是在会场
无非是心脏
无非是大脑或血管
这已经是我最近
第四次听到死神
与同龄人拉扯的声音
也许是过往的这二十年
酒肉吃得太多了
作为习惯了祖祖辈辈
在战乱中逃亡
在天灾人祸里
吃糠咽菜的民族
我们这一代

未来一两代的基因

都还没准备好

像白人那样吃喝

杂事诗·照片里的朗诵者

越来越多的中国诗人

开始热爱朗诵了

这是好事

越来越多的中国诗人

把老老实实念自己作品

叫作朗诵了

这是让人高兴的事

越来越多的

朗诵的中国诗人

出现在微信照片上

他们举着手机或手稿

站在台上念诗

像念检讨

杂事诗·人以群分

忽然来了个机会
可以把新居卖了
再在同一小区
换个更大的
于是老婆开始频繁
接中介的手机
买主陆续上门看房
看房的人十拨里有八拨
问房价包不包括家具
我说如果包括家具
可能还要加两成
问题是现在拿了这两成
可能也再买不回
同样的家具了
晚上老婆愤愤不平
"怎么都想这么美

还想要咱家的家具"
我说如果买主是有钱人
一般不会这么想
人家能买到更好的
可穷人就不行了
和咱一样穷的穷人
老想着能遇见好事儿

杂事诗·十二月

上午楼前的
厨余垃圾桶
被谁盛了
多半桶枯叶

星尘小子

雪压松枝

60 岁的小舅跟村里的包工头去几千公里外的乌鲁木
　齐打工
修建地铁
挖隧道
小舅的头发白了
还学着用微信
给自己起个网名：雪压松枝
他在微信里用字回复我母亲：
姐，
这里管吃管住
地底下
不冷
勿念

今年塞钱也没人收

一个乡村医生对我说
用钱能办到的事

那不叫难事

你说是不是

我说是啊

这么多年

我都勉励自己

等我挣到一笔够活口的钱

我就可以放手做自己想做的事了

可钱总是不够用

心头的事呢

天天被草啃

医生说你扯远了

我说的是我儿子想去镇中心小学插班读书

却遇上反腐扫黑风声紧

到现在还定不下来

地里看不到人

花落了一地

地都被草吃了

领到征地赔偿款的村民

去县城买商品房

没征的地里

依然插满十字架

不是教会插的

那是村民种猕猴桃的水泥支架

土路上遇到一个老农

一边走一边拄拐说

赶快征吧

我是累晕倒在地里后爬到地头

被人发现送医抢救

落了个脑梗

捡了半条命

吃 瓜

我们坐在超级高压锅里吃瓜

我们认为那些在锅盖上跳跃尖叫的是傻叉

我们看到那些不惜被蒸汽孔喷射而亡的是疯子

我们在等月初工资上卡

直到 60 岁退休

我们把棍棒、镣铐别在腰带上

汽哨吹响

吃瓜数钱

我们连坐在外面的机会都没有

我们用透明胶带把自己的嘴巴封上

炸开锅前

我们还会封上自己的耳朵

瞪圆双眼目视自己米粒一般

双脚朝上

射向天空

湘莲子

病房外记 1

受邀赴某市
参加一位老病人的九十寿宴之后
刚准备休息
有人敲门送来一大束鲜花
对我说：欢迎肖市长亲临本市
我蒙了
我姓肖
但我不是你们的市长
您是东莞的市长
刚才 C 秘书介绍过您

哦
原来
宴会上老病人的秘书说我
是东莞的护士长
被他听成了
东莞的副市长

龙　眼

那棵树上的龙眼特别甜
她每年都会摘一筐送给我
她说树下埋着很多胞衣
他父亲的胞衣
她爷爷的胞衣
她爷爷的爷爷的胞衣

她哥哥的胞衣
是她奶奶用三十元钱
托关系从医院买回来的
去年
她求我
想办法买下她侄儿的胞衣
我没办成
算命先生说
那棵树的阳寿到了
果然
一年后
那棵树连同那个院子

被政府征收了

命

三十八年后

护生宿舍的美女们

再相逢

那些嫁医生的都离了

嫁病人的都没离

过得还不错

其中

一个嫁医生的

不仅离了

还疯了

在柬埔寨

踩在松软的

泥土上
我小心翼翼
生怕
一不留意
踩到骷髅头

叶臻

出生地

村长带人
来我妹家
抓她去做人流
我妹在半人高
的棉林里
躲到半夜
又半夜动身
逃到我的祖居地
生下我的外甥
四年前
外甥大学毕业
托我给他介绍工作
他发给我的简历
出生地一栏
写的是
安徽宿松
我没有告诉他
他的出生地是
江西湖口

望星空

那时禁生二胎

她却偷生了二胎

害怕有人举报

砸了丈夫在国企的饭碗

(凡超生一律开除)

她从不敢带儿子白天出门

只是在晚上偶带儿子

认认月亮

认认星星

据她说儿子由此

患上了自闭症

有天晚上

妻子约她一家来我家小聚

这孩子呆坐桌边

一言不发

我特意把他引到阳台

当晚虽没有月亮

他却出神地

望着星空

床

江西某地实行火化后
许多老人没来得及
睡的棺材
被一些家具厂
廉价收购
女诗人林火火
从网上订购一张床
一看发货地
纠结一晚上
还是退了货

秋 实

那年
一夜狂风
刮倒了
我家的柿子树
树倒时

又压塌了

树旁的猪圈

圈里的两头猪

一头被压死了

另一头

吃到了

一地

摔得稀烂的

红柿子

周芳如

单身女人

在杭州萧山机场
过安检
每一个人都被从头摸到脚
包括裆部
还要脱掉鞋子摸脚底

轮到我时
差点泪流满面
不记得有多久
没有这样被人爱抚过了

一　生

他追上来
想牵老伴过马路
手被甩开
他又急走两步
想牵老伴过马路

手被甩开

他再急走两步

想牵老伴过马路

马路过完了

清蒸后淋上炸热的葱油

我们肩并肩坐在沙滩

把脚埋进沙子里

她说面朝大海就想起海子

我想的与她有一字之差

我只想

海鲜

前　任

就在那尘土飞扬的街头

就在人和车都乱哄哄的市集

只瞥了一眼

还是看清楚了

头发都白了一半多

背驼了

面色灰白

这个曾经抱我睡了八年的男人

现在的模样

不是我愿意看到的

虽然我曾经这样诅咒过

赵立宏

蓝田辋川王维墓

每当在电视上
换频道
看到弘扬传统文化的节目
或我不怎么喜欢的
诗词大会
心里就会嘀咕
先把咱压在废弃兵工厂
8号车间下的王维墓
给修了

农民诗人刘国玉

长治诗歌节第7场
在潞城市张家河村举办
58岁的本村村民
诗人刘国玉
在手机上用方言、普通话
念了两首诗后说

为了参加今天的诗歌活动

家里 5 亩地的玉米

推迟到了明天收

从联校校长到盲人算命师

在今日头条上

有一位叫高翔的博士

建议加大对主动生育二胎的

党政干部的提拔力度

不由想起来

父亲生前有一朋友在

20 世纪 80 年代

计划生育最严格的时候

因为超生

被人举报

免去乡镇联校校长的职务

开除公职

从此只好在家专研周易八卦

靠占卜算卦为生

前几年去看望他时

眼睛已完全失明

更像一个算卦先生了

弃　婴

在康园中学门口

等女儿中考考试

和几个不认识的家长

坐在路边聊

其中有个看到

自己手机的

微信朋友圈里

有人发了

在和平医院附近的

公交车站点

发现了一个放在

纸箱里的弃婴

弃婴身上有个纸条

说是个女孩

孩子一切健康

还不到 10 秒钟

另外有个家长的微信

也收到了

相同的视频

她说现在女孩儿值钱

一斤一万块

第 三 辑 ——— 入选 3 首诗诗人 ——— 〇

阿文

开往终点的班车

县城小客运站

人满为患

所有年轻的人

都站在那里等车

候车的座位上

全部都是老年人

这种尊老的美德

偏偏发生在我的身边

站了五分钟后

才发现事情不是这样

这群候鸟迁徙般的老人

来自客运站附近人家

在这地冻天寒的冬季

躲在这里暖聊

饭点了回家吃饭

吃完饭再回来

直至天黑

一块抹布

一块常用的抹布

在我洗完之后

挂在墙上

在一个夜晚

灯光打开后

惊奇地发现

抹布投影在

墙上的图案

竟是一个人的侧脸

多少日了

没敢动那块

艺术的抹布

只是一直在想

那个人白天去了哪里

一到夜晚

又回来

掏 兜

一件黑色的呢子大衣
朋友在我这洗完
晾在这里已两个礼拜
外面朝里
里面朝外
注意到它的时候
是看见它的内兜
光滑柔软
忍不住掏了一下
挺深
空无一物
我知道是这样的结果
可还是做贼一样
掏了一把后
又回手把兜抚平

阿吾

多数中国诗人的逻辑循环

从古诗背诵者

到诗歌爱好者

再到专业作者

戏称诗人

十年后

又从诗人

退回到诗歌旁观者

再到诗歌陌路人

诗歌的仇人

最后沦为诗歌的敌人

不要的书在书房

老婆煮了

一大锅番茄肉丸汤

要直接端上桌子

叫我找一本

没有用的书

垫在锅下面

我巡视一周客厅

忽然说

不要的书在书房

有用的书

在客厅或卧室

我的人格分裂

不管别人怎么定义

我就相信

我的症状才是

典型的人格分裂

别的不说

只讲我的工作

每天我干的都是

知识分子的脑力劳动

看起来却像

工人阶级的体力劳动

在空调房间

二十四摄氏度
我总是满头大汗
汗衫真的名副其实
裤衩上汗印
一只爬行的蚯蚓

柏君

一只公猴向母猴求婚

"嫁给我吧
我有一棵
三杈九枝的树"

中国书法家协会会员

朋友对着
我家墙上的
一幅字说
幸亏去年
给你要了幅
自从老爷子
入了书协
可就再也不肯
轻易提笔了

1982 年

这一年
我们村把地分了
把农具也分了
只剩下
那几匹马
几头牛
实在不够分
于是决定
继续"共产"
大家轮着用
可不管
轮到哪一家
也没有谁
好好喂过
以至于它们
很快饿得
皮包骨
没了干活的力气
后来村民们一商量

干脆把这些牲口

全部卖了

然后分钱

陈克华

前世的妓女

朋友曾经铁口直断
我上辈子是妓女
到了苏州
那些陈圆圆、苏小小待过的地方
总觉得太灯红酒绿
就那些土窑子
我看着顶顺眼

七月喝粥

端一碗热粥在桌上
想起父亲
是七月走的
四年前花莲的酷夏——
佛陀说的涅槃
就是变凉的意思
我不禁

朝粥吹了吹

手　机

好久没出现的李小潼

出现在群组里

送来了讯息：你们那边

有下雨吗？

这里大雨倾盆⋯⋯梁大志回他：

没有啊，昨天晚上就停了。

群里有人问：李小潼

你不是已经死了吗？梁大志

都已经死了那么久了。

霎时我手中的手机

化作黄纸

一捏

就碎了。

陈放平

死亡的另一种意义

爷爷和奶奶

感情不好

多年分居

（奶奶住我姑姑家）

到了老年

有些担心他们

如何收场

会不会都退一步？

不料奶奶

突然患癌病逝

好像这问题

就这么

迎刃而解

父母爱情

在村校念初中时

同凳同桌

（这成为现在

人们常提的佳话）

后经媒人介绍

组成家庭

在我记忆中

父亲送过母亲

三样礼物

一双皮鞋

一件羽绒服

那年修新房时

父亲特意嘱咐师傅

按母亲的身高

修灶

父亲在新房说的一句话

折腾数月

新房终于装完

其过程

多有不快

多数因为

父亲的暴脾气

和固执意见

到最后

我和妻子妥协了

随他怎么弄吧

没想到

钢一样

硬的父亲

向我道歉了

他说

你以后不要

做我这样的人

蔡喜印

谁不会视频呀

女孩独自打车

上车就给家人视频

"爸啊

我大约20分钟后到家

你们一定等我回去

再开饭啊"

司机见状

也接通视频

跟老婆说道

"媳妇儿

吃饭了没

我刚拉了个小姑娘

好像把我当坏人啦

跟你打个视频

让她放心

哈"

启 发

父亲舍不得
用自来水浇菜
把屋后下水道的盖板
掀起一块
在里面
筑了个挡水坝
他说他这么做
是受了
国家在长江上
建三峡大坝的启发

无 题

父亲有痴呆症
认定的事情
谁说也不管用
小妹情急之下
话说过头

"你这样磨人

不如死了算啦"

父亲记在心里

第二天跟母亲说

"有人希望我死

死不死

不由她说了算

我得问你

批不批准"

杜思尚

儿子拿着枪

不会说话的儿子
手里整天拎着
一支玩具枪
有时候对着一只猫
有时候对着太阳
有时候对着我
突然就开那么
一枪

再活五十年

寒风中等了半天
终于挪过来一辆
裹满灰尘的黑出租
我报出家名
他说太远了
最后递过来一句：
"三百元，豁出去给你跑一趟"

我说去最近的地铁站
坐上车他就抱怨起来：
"命真贱，大过年的
还得出来刨食"
两分钟的路程
他收了我三十元
微信上付完钱
蹦出收款人：
"好好做回男人
再活五十年"

隐痛的时代

外国语大学毕业的妻子
突然迷上了微商
撂下一堆化妆品
又研究起艾灸与养生
前天带我拜访名医
今日拉我去见大师
我们从排着长队的人群挤进去

报出生辰八字后

大师掐着指头若有所思说：

"你命里缺3、9

她命里缺2、8"

然后从包里拿出两个刻有数字的戒指

说两个一起优惠：9800元

我拉住她的手向外走

她在走廊里

挣脱着喊：

"你要是舍不得

我自己买"

胃里突然泛起的隐痛

让我不得不松开手

谷驹休

肖巴香

母亲进食堂三天时

腿摔骨折了

住院用的是别的职工的医保

每次护士来换药

喊：44床，肖巴香

她都迅速应声

陪护期间

我听她说

之前手术刚做完的时候

麻醉师提问醒脑

她醉话连篇

但回答自己姓名时

一点没露馅

自学成才

因为能把报告讲得

比主任还好

她被半个科室的病友

追着喊"教授"

那天在患者接待室排队

一个大嗓门老太婆

站在走廊

推开门冲她喊：

"教授你出来一下

出来一下啊！教授

我有桩事情问问你……"

如此几遍

她成为全场焦点

一名医生见状走到她身旁

恭敬地说：

"要不您先出去一下？"

一分钱一分电

搬进这一栋公寓不久

房东就提醒

少乘电梯

我没太当回事

直到这天下班回家

刚到楼下

就被一位退休阿姨拦住

问清了楼层后

她礼貌地

拒绝我继续向前

说：

"你们物业费交得少

不能用电梯

请从另一道门

走楼梯"

侯宛岑

迁户口

表姑去世后
家里人花了好多钱
请了5个和尚
做法事
我们都跟着和尚
一会儿跪在地上
一会儿绕圈圈
累得忘记了悲伤
最后
一个和尚
摊开一张纸
拿出一个大大的印章
盖下去
念道
放心吧,户口迁过去了

埋 葬

我以为
巴西龟死了
就默默地
在一棵幸福树下
挖了一个坑
准备葬了它
突然
它昂起头
一步一步
向坑里走去

写 诗

奶奶问
你写的诗
为什么不是
"风吹草低见牛羊"
的那种

我说

这里见不到草原

韩敬源

就像从废墟里伸出来的手

昨天刚参观完
北川 5·12 大地震遗址
今天到昆明看我爸
他对面床的老人
会四处乱跑
被护工用一个布条
绑着躺在床上
我进屋的时候
他伸出一只手
指了指布条
使劲地伸向我
不停地伸向我

在北川中学遗址

原北川中学
的一堆巨石下
埋着一个十六岁的

越南少年

和几百名中国娃娃

这个越南少年

他的父母

每年都会回到这里

在一条

白底黑字的横幅上

一年接一年地

写下联系电话

中元节

回家的路上

看到与多年前

相似的场景

不同的是

现在祭祖的红苹果

被纸钱烧过

那是十岁

傍晚时分

从乡中心小学往五公里外的家走
稻田间的路上
祭祖的人摆出来米饭
煮熟的鸡蛋
和诱人的红苹果
肚子在阳光里
太饿了
就拿起苹果和鸡蛋
边走边吃

海菁

答　案

一只螃蟹站在沙滩上
一个贝壳蹲在沙滩上
在语文考卷上是错的
在诗里是对的

童　话

老师让我们写童话
规定一定要用书本上提到的词
人物要用国王、啄木鸟、玫瑰花中间的一个
时间要用星期天、黄昏、冬天中的一个
地点要用小河边、厨房、森林超市中的一个
这还叫什么童话嘛

风　筝

风筝在天上
尾巴不会断
一落地
就断了
被人踩断的

姜馨贺

村口的小男孩

他蹲在路边玩火
我问你多大啊
我 8 岁
你家一个小孩吗
我家 4 个
你爸爸是做什么的
在外面打工的
你妈妈也打工吗
我妈早跑了
说完
他又继续
开心地玩火

墓　地

早晨
骑三轮车

出村子

路过

一片墓地

妹妹突然大喊

你好

墓地

乡下的小孩

陈千金来我家

这么多次

都没碰过桌上的书

最后

她终于在

各种中外名著之间

抽出一本

《打工女孩》

江睿

孤独的妈妈

跟妈妈说

如果用我的肉

五斤,换你一年的寿命

你说好不好

妈妈说不好

活得久就会很孤独

表　哥

表哥的爸爸

早早就去世了

表哥很不乖

不爱学习

爱打游戏

我想表哥

心里是悲伤的

我常常陪着他

我们都不说话

信 仰

我坐在秋千上

望着天空

思考着

俄罗斯人为什么

信仰神

我不知道

我只信妈妈

算不算

信仰

李玉波

旧教堂

周围的棚户区
都拆迁了
残存一片瓦砾
只有教堂
院门紧锁
透过门缝
可以看到院子里
杂草丛生
几只鸟
飞进飞出
房顶上的十字架
锈迹斑斑
据说
它不是钉子户
只是政府钱太紧
没给列入
棚改计划

毛　线

姐姐

用她的工资

买来深蓝色毛线

给我织了

一件毛衣

穿上几年

就倒一次线

再织毛衣

线就不够了

只好织成围脖

又过几年

还得倒一次线

线又少了

最后织成了

毛手套

毛袜子

言不由衷

她是一个
虔诚的佛教徒
天天喊
死后上极乐世界
有一次
她感冒了
我跟她开玩笑
你这回可要去
极乐世界了
为这事她生了我
好长时间的气

李岩

直溜
——语言问题是我一生都没解决的大是大非

二月二龙抬头那天，刮风
午饭后在楼梯拐弯处
有什么蠢蠢萌动了
1993年盛夏，我33岁
去找中戏毕业的年轻女编剧
陕西娃冯莉约稿
她穿一袭蓝底白花连衣裙
在煤矿文工团宿舍我胡说八道一通
自己说自己挺拔
冯莉扑哧一声
不就是直溜儿吗
我想起还有个臭美的词叫
一炷香

年近花甲才意识到
我这是学生腔
一辈子都没把话说自然

现代传奇

渊博 19 岁
连幼儿园上过三十六个学校
其实被三十六个学校开除
——就是捣蛋
在西安高新上高中时
跟班主任女儿谈恋爱
嚣张地对班主任说
我把你女儿废了
班主任真想剁了这小子
在西安美院上成教时
学会吸毒
从西安返回陕北路上
父亲痔疮复发
开车的父亲疼得锥扎一样
渊博说爸你也抽一口
父亲疼是止住了
一路开得晃晃悠悠
渊博现在北京混
给一位画家挤颜料

照片拍得也不赖

是个全面手

最逗的是找了个

"80后"女友

才比母亲小几岁

不是个生意

获长安诗歌大奖

现代诗成就奖

我不希望在陕北传播

但还是微信上传开了

三个月后

去西安领奖前

就是今早

宗教局女局长在电梯口问

你能拿多少奖金

我说民间的

不是官方的

那不是个生意

了乏

地震来袭

偌大广场
挤满了吵闹的人
我看见
王局长光着上身
也站在人群中
他也发现了我
笑着向我招手
亲切地喊我小林
这是王局长
六年来第一次
正眼看我
并主动跟我打招呼
在 2019 年 6 月 17 日 23 时 19 分
接到地震预警后
临时避难的小区广场

误　导

在中国
看到的翻译诗
大多是外国老诗人的
让我们一度以为
现在的外国人不写诗

在国外
看到的中国翻译诗
大都来自混体制的诗人
让他们一直认为
中国诗真的很弱

家　宴

从我身旁
颤巍巍伸出去
像一截枯枝
母亲干瘪的手

禁不住
伸手去抚摸
她问干吗
我慌张地说
这么冷的天
怎么会有蚊子

刘天雨

尿毒症

青年诗人马立
罹患尿毒症
这是个烧钱的病啊
为帮助马立
他的朋友们
还曾为他组织过一次募捐
有次他在微博上问我
听说很多尿毒症患者
都在贩毒
吓得我不知道
该如何回答

又失眠

用手机放一段雷雨声助眠
还没等睡着
我每逢阴雨天就会
隐隐作痛的右肩

就开始疼了

警察与妈

母亲被骗子骗了钱
过了很久才告诉
当警察的儿子
她怕被儿子数落
只有暗自心痛
儿子果然说了她一顿
她有点委屈
你不去抓骗子
反而怪我
当个老百姓真难

蛮蛮

能婊子

这是一位陕北老人
满眼慈爱地夸赞自己
一岁多的重孙女
聪明乖巧
用的词
惊呆我了

艺术与生活

我们赶集回来的路上
经过一片花生地
地里忙活着的人头上还戴着孝
姐姐问我认不认得那个坐在地边休息的男人
我还以为是女人
姐姐告诉我那就是我们村前两天
刚没了老婆的人
他留了长发
经常穿高跟鞋出门

别人叫他叔
他会说：别叫叔，叫婶子

儿时清明

只扫过烈士的墓
往烈士坟前献过花
那往往是学校组织的

本家先人的坟
只有本家的男性后代
可以祭拜

我不无悲哀地意识到
女孩子想要记忆
或者被记忆
只能奔着烈士的方向走

梅花驿

听 戏

母亲八十大寿

兄妹三人

请县剧团

来村里唱大戏

戏台下

只有母亲

孤零零的

一个人

在雪中听戏

戏到高潮处

那雪下得正紧

祖国的花园

"你们班里

胖墩儿多吗"

"有,但我们

不叫他们胖墩儿

我们叫他们多肉"

兼　职

面对闺蜜
瘸子烩面的女老板
感叹说这年头
累死累活
除了房租和厨师工资
落不了啥钱
寻思着
给人做小三儿
养家糊口
"你认识有钱人
给我牵个线"

马金山

未完成

在我写到

我的故乡

冯洼村的时候

为了写得更加翔实

我特意给父亲

打了个电话

我想不到

他的回答

会震惊到我

"我也想

问问我爹"

好香的消息

一截木头

静静地

躺在院子里

已经五年

日晒雨淋

长出了木耳

每隔一段时间

父亲就会

摘上一茬

并发微信

给我说

"真香"

诗　歌

她拿着

我的一首诗找到我

说她非常地喜欢

想把这首诗

谱曲后演唱出来

但必须再加长一点

我果断地回答

我想表达的

在诗里已经表达完了

如果嫌它太短了

你可以重复

多唱一遍

庞琼珍

长相守

走进西安化觉巷清真大寺
才知老 G 是回族
她讲起父亲的葬礼
伊沙和男性亲人
用干净的水给父亲洗身
三丈六尺白布包裹掩埋
但是将来她不会选择土葬
因要跟汉族丈夫伊沙在一起

神秘人

辉林是美籍华人
刚住泰达的几年
总有一个人
约她喝咖啡
听她讲近期的人和事
后来她得了
天津市海河友谊奖

那人再没请她

喝咖啡

指甲盖里的睡眠

二姐剪指甲时睡着了

没剪掉的半边指甲

在指甲钳里晃着

我将它轻轻挪开

二姐醒了

继续剪

还没摁下指甲钳

头耷拉着

就又睡着了

一碰指甲钳

她就会醒

看一眼病床上的姐夫

接着剪

剪不下来的

半截指甲盖儿

半吊着

好像二姐的催眠符

卿荣波

卧　底

去小区

采访供暖季开始已半月

暖气还不热的事儿

几名业主围上来

他们不像打热线电话时那么

焦急和愤怒

在轮流查看了

我的记者证

之后说

这证

看着像假的

你该不会是

开发商或物业

派来的

卧底

吧

请　求

亲爱的
你不愿意去我们山里
我是理解的
红专南路新开了一家
旬阳菜馆
你陪我去
吃一碗浆水面
好吗
就当是跟我
回了趟老家

菩萨暂停保佑

拉着鞭炮
去寺庙门口暖车
算是在菩萨处登了记
该车从此出入平安

一天晚上
寺庙着火
菩萨的金身被熏黑
居士们都怀疑
是鞭炮闯祸

第二天
门口又停下一辆新车
住持小跑出来说
在着火原因
没落实之前
你们还是
别来了

人面鱼

父　亲

他拿着一根
细长的树枝
在手里晃
一名四五岁大的
小男孩
耷拉脑袋
走在旁边
他突然
大吼一声
"走快点！"
吓我一跳
他拿树枝的手
挥了一下
像赶马一样
我看见小男孩
身子一缩
哆嗦了一下
我也跟着
一哆嗦

没玩手机的在干吗

接孩子时
一长队家长
大多埋头
看手机

没手机的时代
人们会干啥呢
刚好队伍里
有一位老人
没看手机

我观察了一会儿
他什么也没干
只是站着
左脚站累了
就弯起来
把右脚
挺直

秃顶的原因

一群人

一起吃饭

不知是谁

说到了秃顶

并讨论起

秃顶的原因

这让一个

秃顶的官员

表情别扭起来

谈话的人

也意识到

气氛不对

我想这时

该有人救场

救场的人

果然出现了

而且救得

相当不错

他说其实秃顶
是精力充沛
脑力冲顶
把头发
烧掉了

全场一致赞同

宋壮壮

贴面礼

我不知道
法国的贴面礼
是怎么产生的
我看见我妈
从菜市场出来
两手拎着菜
迎面走来一个
两手拎着菜的大妈
她们打着招呼
很自然地贴了贴脸
再分开

仪式感

天津傍晚
公园亭子内唱歌的老人
不仅自带音箱灯光
放歌词本的架子

还自备了假花
大妈唱到高潮处
白发老头拿着花弯腰献上
得到嘉奖的大妈
唱得更豪迈了

在日本寿司连锁店我脑海里的一幕

一条海鱼
化身为男人
（其实他的后背
还满是鱼鳞）
来到寿司店
肿眼泡
盯着墙上
近百种
鱼字旁的汉字
终于锁定其中
一个字
"这个
是我"

释然

姚老师

我妈每次来我家
第一件事就是
拉开我的衣橱
对里面的衣服点评一遍
还不时要求我走路
挺胸抬头
对这个出生地主家庭
一辈子要强
家务活都做不好的
女人
她的话
我只当耳旁风
让我彻底服气的是
与她同一小区
在某高校任教
气质超人
见到谁
几乎目不斜视的
李阿姨

唯独看到我妈

满脸笑容

亲切喊她

姚老师

樱桃树

这个有点内向

黑皮肤的男孩

在我旁边

写作文

左手紧紧捂住

稿纸上方

紧张的样子

有点可爱

偷瞟了一眼

题目是

姥姥的樱桃树

我假装看书

我有足够的耐心

等那棵樱桃树长大、结果

孩子

你要邀我

摘果子

我们仍奔跑在父亲的期望中

翻阅父亲的手稿

想起他曾失望地

看着我们

没一个写诗的料

等最小的弟弟

升入大学

他无不遗憾

这么多孩子

没学医的

如今

因为兴趣

我破天荒成了

诗人

多年来在媒体行业打拼的妹妹

忽然转行中医

此时

父亲离开我们

已经十年

散心

禁止大声喧哗

候车室的

警示牌下

一对夫妇

在用哑语教训

她们的女儿

看她们上下

翻飞的手

她们的态度

一定很严厉

小女孩的眼里

泪光闪闪

接开水走过时

我对那对

喋喋不休的夫妇

指了指墙上的

警示语

发 虚

应约到一个

领导办公室喝茶

聊到现在的处境

他摇摇头

不比从前了

就说我这办公室

因为面积超标

夹起小半间

他起身

蜷起手指

敲敲身后的墙

听着咚咚的响

他苦笑着说

都是空的

让人发虚

她在丛中笑

大学毕业

30年聚会

拍合影时

有个同学把

当年的毕业照

发在同学群里

并且提议

每个同学按自己

在毕业照中的

位置来站位

排列好后

第二排中间

出现一个空位

那是毕业不到3年

就去世的班花

怎么办呢有人问

请来拍照的

酒店服务员说

拍完后P上去吧

半月后
同学们拿到了合影
两鬓斑白的人群里
30年前的班花
笑得青春灿烂
好像我们的女儿

盛兴

流感袭击了戏班子

戏曲团去山区慰问演出
全都病倒了
这可忙坏了村子里的卫生室
一共两张床
老生和花旦各占一张输液
三个武行坐在板凳上输液
四个丑角蹲在地上输液
一伙跑龙套的
在院子里支起了大灶
煮了一锅板蓝根

鸡腿楔子

爷爷干木匠的那些年月里
拿树枝刻了几根骨头状楔子
一头圆一头尖
叫作鸡腿楔子
不管煮了苞米棒子还是地瓜

插上鸡腿楔子

递给一溜排开的叔叔姑姑们

立刻变身鸡腿

啃起来格外香

这天奶奶又从旧物柜里

翻出了这些楔子

孩子们不知道干什么用的

当奶奶随便往一块馒头上一插

孩子们欢呼雀跃

"鸡腿，鸡腿"

自己酿酒自己喝

小区门口精酿啤酒屋

开业一个多月了

顾客几乎绝迹

我是唯一的常客

四个股东都十八九岁

这天

其中一个男孩踹了一脚酿罐骂道

"关门，妈的不卖了
咱哥几个自己全喝了"
他转过头来
指着我说
"让这个人也滚蛋"

桃子

单枪匹马

在沙漠深处长出的仙人掌
孤独地残喘
开不开得出花
都没有人知道
"沙漠里怎么还会有仙人掌"
他们说着
然后点头
"它一定很认真地挣扎着活过吧"

菊正宗独白

酒架上摆满了啤酒瓶子
每一个瓶子外挂着一串名牌
每一个名牌都是一瓶喝完的酒
都是一些故事
存在过的证明
有的挂着黑布写上悼词
"最后一瓶啦"

不敢点菜

三个朋友坐在一起
你看我,我看他,他看你
谁都不加菜
谁也没吃饱
因为
没说好谁买单
二十岁的我们
都很穷

王小龙

平行线

老太太在医院早早起床
我还在乱哄哄的梦中
老太太开始吃早点
我应该刚醒
老太太吃了一小碗粥
一个煮鸡蛋的蛋白
一点小酱瓜
我大概还在盥洗室
老太太心梗昏厥过去
我刚端起一杯咖啡
电话来了，大姐
在赶去医院的路上
我画下如上平行线
老太太已经走了一个多月
每天上午煮完咖啡
我盯着手机
它敢突然响起
我就砸了它

助听器

下半夜了

睡不着

想吃一粒复方枣仁胶囊

摇了摇药瓶

有动静

拧开盖子才发现

里头藏着老太太的助听器

还是丹麦声

以后我也用得着吧

戴上试试

听见秋风吹过

树叶纷纷飘落

有一声野猫哀鸣

接着是卡车轰隆隆开过

没听到您的埋怨

我有点纳闷

纪念日

所有的纪念日
都是猝不及防的门铃
一只不怀好意的手
摁着,却不见人影

纪念日不是节日
不过长得有点像
你去敬老院看看
都老成一个模样

只要活得够久
差不多每天都是纪念日
一只不怀好意的手
在抠那些疤痕

吴雨伦

一首爱国诗

赴美途中

箱子里的豆瓣酱

无意泄漏

将护照污染

从此以后

来自祖国的气息

在美国检察官

疑惑地看着

油光的护照

缠绕在我的鼻尖

一种永恒绵延无尽的咒语

多少粮食可以养活一个人

在健康手册里的标记

人一天应当摄入五百克以下的粮食

过多的粮食会引发心脑血管疾病

在家庭老人的记忆中

五十年前的一场浩劫里

由于每月的供应粮

由二十八斤

变为二十四斤

村庄里

便经常能够撞见尸体

多少粮食能够养活一个人

每次打开米袋时

我总会想起这个话题

那些白花花的大米流过手掌

仿佛那些饿殍身上爬起的万千蛆虫

乔治亚州的华人超市，一部中国人的《荷马史诗》

超市的大部

调料　米面　锅碗瓢盆

超市的尽头

寿衣　黄纸　死亡

吾桐紫

酒　量

一坛子醋
用完了
跟老公念叨
你带回来的
那坛子醋
闻起来很香
就是不够酸
老公一脸纳闷说
什么醋
我从来没拿过醋回家
我指着餐厅边柜上的罐子
就是那一罐
老公哈哈大笑
那个哪里是醋
那是朋友给的惠泽龙黄酒
哦，我这才明白
为何这一年
我的酒量长了不少

共 享

女儿长大了
穿的鞋子
已与我一般长
买鞋子时
碰上喜欢的
觉得女儿也能穿的
我就不再考虑价格
一双鞋子
两个人穿
怎么算
都划得来

没料到

我的一位朋友
五十多岁了
离婚多年
她开的诊所里

一个小她十几岁的男医生

追了她两年多

为了女儿

她一直没同意

前阵子

她终于答应

跟他去领证

周围的朋友

劝她再生一个

犹豫了一两个月

她说

那就再要一个吧

结果

停经了

乌城

买把新二胡

岳父有把旧二胡
很多年没有拉响过
放在衣柜上
落着厚厚的灰
他的二胡
有特殊用途
岳母每次牙疼
他就在琴弓上
剪下几根马尾毛
烧成灰
涂在疼的牙上
让岳母咬住

一条活路

我问小慧
这么远出来打工
家人放心吗

她说

是她妈撵她出来

见见世面的

以后嫁到坏婆家

知道怎么跑

往哪儿跑

不用像村里那些女人

只会喝农药

茶马古道

在拉市海

九十分钟骑马翻山

上坡我往前倾

下坡我往后仰

据说这样做

马走山路能省些力气

但即使我忘了这样做

甚至做反了

这匹陌生的马

也一声不吭

只顾赶路

这里的驮马

温顺矮小

有一身强健的肌肉

几乎没有驰骋的经历

游连斌

最好的悼词

2019年2月14日下午
母亲因车祸
去世
女儿说
奶奶去天堂
跟爷爷过情人节了

春天的事故

今日三七
母亲在冰棺里
躺了二十天了
尚未入土为安
出事前一天
她在洋中
种的四五十个
马铃薯
已经冒土

长出了新叶

隔　空

今天
堂哥打来电话
提醒我
后天要给母亲做百日了
我想不起当年
是怎么给父亲做百日的
心里一急
就想问下母亲怎么做
便匆匆挂断电话
摁下了母亲的
手机号码

闫永敏

用不着

三八妇女节下午
电影开始之前
我去附近的麦当劳吃薯条
在一个长条桌边
两个中年男人
正在劝说六个老太太投资
老太太担心赔钱
其中一个男的着急地说
将来要是差你们一分钱
我他妈就不是男的
老太太也急了
你是不是男的跟我们有啥关系
我们又用不着

我们的血

我因为肿瘤切掉半个胰腺
术后一年单位让我去献血

说是上面的要求

我被带到医院做了验血等检查

不合格

没想到第二年又让我去

依然不合格

最近一个南方的朋友告诉我

他们那里得了癌症的年轻教师

为了完成献血任务

自己掏钱买血

合葬之路

祖母去世两年半以后

祖父也去了

但暂时不能合葬

我们家乡的习俗是

去世未满三年

不能开坟动土

他们在世的时候

祖父只要看不到祖母

就会焦急地询问
直到祖父三周年的祭日
我们才打开祖母的坟
在石棺头部盖上红布
运到祖父坟墓里
此时离祖母去世已五年半
他俩结婚六十多年
从未分开过这么久

袁源

加　速

傍晚下班后
人行道上
走着一个
拄双拐的人
我跟在后面
走了一会儿
觉得不礼貌
想超过去
他却加快速度
保持领先
我小跑两步
他甩动拐杖
也小跑起来
我快跑几步
直接冲刺
他从拐杖底部
喷出两团火
拔地而起
飞向了夜空

烧　纸

除夕夜

从便利店出来

经过路口

有两个人

蹲在黑地里

数冥币

男的对女的说

"你还不开始

非要等我吗"

甲　虫

1915年卡夫卡写信

给莱比锡库尔特·沃尔夫出版社

讨论即将出版的《变形记》

"封面上可千万

别画上那只昆虫啊"

定稿后封面图像

是一个青年
哭泣着走出家门
2018年上海译文出版社
四十周年社庆
出纪念版《变形记》
在封面上
一口气画了9只甲虫

赵克强

命

父亲嗜酒

得了肝癌

肚大如十月怀胎

他怕

上了手术台

下不来

就不去医院

躺在家

死马当活马医

试遍秘方、偏方

一年过后

腹水消失

重新下地

见人就说

他的命是捡回来的

又继续

一天两台酒

活了19年

他叫句艳东

他喜欢拿着一个小锤子

敲水泥柱子

听声音

就能听出钢筋用得够不够

灰浆有没有多掺沙子

几乎每天

都看见他跟施工方吵架

他是十一年前

5·12大地震中

北川那所史上最牛希望小学

(483个师生无一伤亡)

的捐赠方代表

还有五所没震垮的学校

也是他老板捐的

他负责监管工程

主流媒体的相关报道中

很少提到

这个小人物的名字

他的老板

因为涉黑

后来被判了死刑

买肉

记不得那是1972年

还是1973年了

反正我还在读小学

那年春节

每家每户

不要肉票

可以凭副食本本

买斤猪肉

我妈给了我一个板凳

去食品公司门市排队

整整一个通宵

轮到我家买了

我一边揩鼻涕

一边朝着师傅死劲喊：

"割那块肥的!

割那块肥的!"

张螺螺

好邻居

大黑狗

是杂交牧羊犬

来不及遛它时

会偷溜至隔壁邻居家

邻居总是默默地

把它带回

按下我的门铃

并在开门前

迅速离开

偶尔开门及时

打了个照面

邻居笑着说

你家的狗

会自己按门铃

真聪明

救 助

她救助流浪狗多年

狗多的时候

日子紧巴巴的

专门去农村租了院子

收下更多的狗

有从菜市场和废墟里找来的

也有像今早这样的

那人牵着条家狗来按门铃

礼貌地聊几句后

微笑着问

你买不

不买我就打电话给狗肉馆

礁

大舅年轻时

在金门外的一个礁石岛当兵

上面寸草不生

一百多个士兵的吃喝

由附近的

渔民驾船送来

每日太阳下出操

周末能看场电影

我问他是哪些电影

他说

都是些你们不爱看的

不过有个国民党小兵

会偷偷从金门游泳过来

和我们一起看

看完再游回去

紫伊

壮 壮

在老家
他和我一样大
两岁时被人贩子拐来
普通话流畅
眼睛有神的他
现在像少年闰土的脸
长了一双老年闰土的眼
张口就用河南话骂人
我按辈分管他叫叔叔
他也上六年级
爸爸说
他来的时候
我那没有儿子的
自家大爷
举行了隆重的仪式
街坊邻居来送礼
爸爸送了三十块钱
礼金
我问爸爸

为什么是三十块钱

而不是报警

违规的孩子

我们都是孩子

我们都是女孩子

我们都是"00后"的女孩子

我们都是家里第二个"00后"的女孩子

我们都是上天破例赐下凡

违规穿越过来的孩子

搞事情

我和我哥

农历同一天生日

相差七岁的

遥远时光

我爸是怎么

在同一天

想起

要搞事情

周鸣

月夜记

尽管月球上
扔有五十年前
96袋美国
宇航员的
纸尿裤
但这半个
世纪的月光
仍然那么
洁白而美好

义　眼

父亲去世后
他那只义眼
也和遗体一起
装进棺材了
那么多年过去
他的一只真眼

早已消失
但那只用特种
陶瓷做的义眼
肯定还在墓穴里
日夜看守着
家父的遗骨

一个年轻佛教徒说

我已经信佛了
所以上帝
不是我的菜

曾璇

榨汁机

我妈妈

最后一次回老家

是跟我爸办离婚

她走的时候

留下了一个榨汁机

在厨房里找来两个番茄

给我榨了一杯番茄汁

她说

每天早上用这个

喝点豆浆

对女孩子好

说完她就走了

她下了楼

走到门口

要上车

我站在阳台上

看着她走

她也看到我了

用口型告诉我

让我进去
这么多年
那一次
是唯一的
我们母女之间的默契

送　葬

埋外公那天
下大雨
在场的人
只有我妈哭了
我不敢告诉她
棺材上
有只青蛙
被埋进去了

爸爸的新女人

我爸爸

虽然没用

是个懒货

却一直有女人

这个女人

被他打残

住进医院

我第一次见她

她抱着孩子

坐在轮椅上

到底她会不会成为

我爸爸的

最后一个女人

她能不能最终

在这场角逐中胜出

我想她

能坚持下去

我这次回家

她一跛一跛地

对着他孩子

指着我

喊姐姐

喊姐姐

张小云

彼得堡的早晨
——致阿赫玛托娃

呱呱呱呱

知道这是您笔下

焦炭似的乌鸦

在窗外将我唤醒

起床后拿手机充电

看着太阳慢慢升上来

电话也来了

堂哥告知 90 岁的婶婶

离世的消息

跟侄女儿说好我这边

会安排助念和回向

同时嘱咐完善往生的注意事项

然后准备好今天

来向您敬礼的衣服

平静地接受

越过窗前的树梢

您那一缕

来亲吻我额头的阳光

柬埔寨人眼中的蚊子

有个白人老外自从
娶了我们柬埔寨女人做老婆
蚊子就不咬他了

翻　啊

老同学到志鹏家聚会
席间，耀锋同学正准备
将吃过半边的红烧鱼翻身
被我制止：真是山里人
不晓得到海边的规矩
这鱼能随便想翻就翻吗

志鹏兴奋地喊起来
没要紧没要紧，咱不迷信
翻啊
边说边用筷子去翻动鱼身
听到喊声，志鹏妈妈

举着西瓜瓢锅刷

从灶间冲出来

左右

鸣　谢

与朋友高铁站分别

突然想起

这些年他对我的帮助

我绕开围栏

冲着他的背影

扯了两嗓子

但很快泄气了

原本准备了好久的致谢词

发出的却是一阵

低鸣

助听器

这只中国制造的

耳朵

比上帝恩赐的那两只

强多了

虚张声势

经常有人

把头靠近我耳畔

手掩着嘴

大声

告诉我

一些很小的事情

第 四 辑 ────── 入选 2 首诗诗人 ────── ○

阿嚏

留守农民老吴算账

化肥 200 元

种子 100 元

地膜 80 元

旋耕费 80 元

除草、打药

人工就不说了

成熟前一个月熬夜守野猪

一亩玉米收入算 1000 元已经到头了

能种的地最多种三亩也就 3000 元钱

农民不能算账

如果你是农民

你不种地你干啥

玉米成熟猪先知

望着郁郁葱葱的玉米田

我问同行的赵老师

啥时候能吃到玉米棒子

赵老师说

快了快了

如果晚上能听到吓野猪的鞭炮声

就熟了

安小吉

大扫除

国庆节要来了
大扫除
省领导要来了
大扫除
市领导要来了
大扫除
县领导要来了
大扫除

学校的地面已经很干净了
但他们还是要拿把扫帚
做做样子
大家你看我、我看你
好像每个人
都是垃圾

拍　背

他躬下身子
像一个慈祥的长者
轻拍我的背
谆谆而言
你还年轻
很有潜力
要沉得住气
多打磨打磨
多多熟悉单位的业务
跟同事们搞好关系
不要过于浮躁
以后我退下来了
单位还是要你来管的

五年后，他退休了
轮到他儿子
来拍我的背

白水泉

每次去诗会都像是去私会

不敢说全是男的
怕她以为我
抹牌赌博去了
不敢说还有
年轻漂亮的女的
怕她以为
干坏事去了
每次都说
有个轮椅女诗人
还有一对
小两口
有次不小心
她看到了诗会合影
好多个美女
我连忙说
书店的义工
钟点工
钟点工

攀

见到伊沙

我说我老婆也是北师大中文的

见到大友

我说我在南京实习工作了三年

见到唐突

我说我是湖北荆州的

见到苏不归

我说我大学是上海毕业的

见到君儿

我说我在天津工作

见到三四

我说我家在海淀万柳

见到江湖海

我说我哥是湘大博导

见到湘莲子

我说我弟是中大教授

见到二月蓝

实在扯不上啥了

猛然想起

下个学期

我要去重大讲课

还是她感兴趣的

金融

春树

大家都很不理解我为什么结婚

记得我刚结婚那会儿

我也没发婚礼的照片

也没发微博

消息走漏

有些读者如丧考妣

你为什么要结婚呢

为什么要结婚呢

为什么、为什么要结婚呢

弄得我不胜烦扰

我生了孩子以后

他们又说

太不可思议了

你居然有了自己的孩子

这时常让我

有种

我是我吗

我到底是谁

的恍惚

有天我把自己脱光

站在镜子前仔细看

是个人

是个女人

是个黄皮肤黑头发的

中国女人

这确定无疑

更新换代

出国已久的两个女友

平时聊天还会说"呵呵"

看着有点怪异

我忍不住告诉她们

"呵呵"已经不用了

变成了讽刺专用

她们的词汇停留在出国的时候

幸好有我这个经常回国的诗人提醒

沉墨

一供二得

坟岭梁小学所在地
原来是乱葬岗
文化大革命时
驱赶走了牛鬼蛇神
为了贫下中农子弟
接受党和政府的教育
三个小组的村民集资
修建了一所初级小学
每到放寒暑假
一些不爱学习的孩子
把自己的课本撕成片
用偷来的五毛钱印了
然后再一页一页地烧
我们把这个叫作
给先人们烧钱
给先人们补课
这是上一届给下一届
口头传下来的
流行了好些年

我的学霸同学

他是我留日时的同学
他没在课堂上举手发过言
他的东洋思想史得了优
他没和班上的同学交流过
他的语言交流课得了优
他不知道应不应该相信民主
他的国际政治课得了优
他没有自愿买过一本和歌集
他的日本古典文学得了优
他不会解释什么是通货膨胀
他的国际经济学得了优
他不知道书道也是一门艺术
他的写字课得了优
他的每门课都是优
他从来没有旷过课
他上过的课全都得了优
他让老师们感到害怕

草铃

谜 语

母亲老了
许多人间事日渐忘却
但母亲总喜欢
提及一个谜语
母亲说
八月十五晚上写休书
打四个水果名
这时候我们都会笑
一起哄母亲说不知道
听了儿女的回答
母亲自豪起来
母亲会迫不及待地
把谜底说出来

晒 秋

罗小芬在场里
晒粮食

一片紫红带齿边的
细树叶子
落在小芬短发上
她更好看了

小芬有喜孕在身呢
挺着大肚子
男人在外打工
小芬很想他
叹口气又叹口气
眼睛里有了泪水

她拿起一个玉米棒子
认真地摁几下玉米粒
贴紧耳朵她说
喂！喂喂

查文瑾

难兄难弟

那天
在医院急诊科
见一个送快递的
搀着一个
送外卖的
一瘸一拐地迎面走来
据说赶单时
追的尾
和那些开小车追尾的人
不同的是
他们
没有愤怒
没有抱怨
没有责骂
两个不同的头盔下面
是同一张
认命的脸

诗性解答

实验前

主持人问嘉宾方琼

都说隔夜茶有毒

那你觉得隔夜茶到底能不能喝

她很无所谓地说

我确实喝过

也没怎么样啊

因为每次沏好茶我就把盖儿盖上

让茶不知道

外面天已经黑了

城里老猫

惊　觉

今天是阴历十五
我照例买了水果和肉
回家祭神
烧香的时候
才发觉
我买的东西
都是自己
平素里爱吃的
原来这么多年来
我一直在把自己
当神供着

买　菜

超市里
一个大妈
在北瓜摊位前
把所有北瓜

挨个掐上

指甲印

接着

又向黄瓜摊位

走去

蔡仙

护身符

在厦门南普陀寺
买了一个
写着"永保平安"的
护身符
祝愿自己身体健康
拿到手
才发现
护身符上还写着
"有求必应"
我不禁窃喜了
一秒钟
又赶紧收起了
贪心

老烟鬼

风大的时候点烟
火机的火是透明的

火被风吹得

倾斜了九十度

只有老烟鬼

才能找得到火

点得着烟

就像我

一样

草屋

麻 药

爸爸第二次
在脑外科做手术
只打了局部麻药
为了分散他的注意力
医生边做手术
边和他聊天
我问医生和他聊的什么
他说医生是个流氓
说他好了以后
还能干那个事
他当时气得
真想爬起来揍他一顿

小时候曾和伙伴进洞掏狼崽子玩

要进洞之前
我跟杨驴子说
要是十分钟不出来

就是被狼吃了

你就告诉我爸

不要找我了

他说那还是我进吧

你爸凶

我怕他打

我要是出不来

你去告诉我爸

我爸最好说话了

丛语林

教师节

今天教师节

班干部组织同学——

等老师进来后

大家齐声喊

"老师教师节快乐!"

想到要给老师一个惊喜

大家都非常兴奋

没想到老师突然进来了

看见乱糟糟的课堂

没等我们送祝福

老师先把我们骂了一顿

全班的祝福

都憋了回去

月月的大名

月月的大名

叫张逸凡

我很少叫她的大名
因为每次她妈妈训她
都叫:"张逸凡……张逸凡……"
好像这名字是专门训她的
有一回,我叫她大名
她愣住了
从此
我再也没有叫过她大名

大九

稿　费

把刚写完的中篇小说
《了无牵挂》
给当编辑的朋友发去
他说写得真好
不过篇幅太长
你如果能订
一百份杂志
我给你发了
见我没回复
他又说
放心
你的稿费
也差不多有这么多

母亲的重量

从父亲家里出来
开了副驾驶的门

把母亲的照片放到座位上
才意识到
之前只有拿很重的东西
才会开副驾驶的门
像母亲的二寸遗照
这么小的物件
上车后，顺手就可以
放到副驾驶的座位上

大友

雷锋佛

布达拉宫脚下
有好几块画着雷锋头像的牌子
导游说
雷锋只做好事
不做坏事
他成佛了

这就是诗

老婆不喜欢诗歌
也讨厌我和诗友聊诗
"一帮酸臭的文人"她说
前妻就不一样了
受我影响
她不仅喜欢陀思妥耶夫斯基
还喜欢诗歌
今天她发我一段文字
"小时听外婆说

人一生要几截子才能过到头

不知我的人生要折几截

这是诗吗?"

"当然"我说

"这就是诗"

东森林

寂寞的乳房

女教师朋友
跟我聊起身体
说她们学校
有五个女教师
患了乳腺癌
我刚想说是教学压力
太大吧
没想到她很肯定地说
都是计划生育闹的
如果像父母那样
放开生,自由地生孩子
哪会啊

碗　盆

办理好出院手续
整理东西时
母亲要将几个打饭的碗盆

都扔了

我明白她意思

可邻床一病友喊别扔

他想留着用

我便都给了他

几月后我又住院

那个病友还在

他将那些碗盆又端来给我

叫我别买了

母亲看见就很不高兴

她说叫你上次扔你不扔

看,又吃上了

高歌

你们离婚后又一起睡过吗

那晚她去看女儿
睡前喝了三罐啤酒
就爬我床上去啦
又是摸又是亲的
我没好气地
推了她几把
却连打三个喷嚏
就是没扛住
还是觉得
冷暴力太伤人啦

当代成语：前妻上门

他在阳台晾衣服
前妻从厕所出来
一把抓住他的胳膊
将头靠在他肩膀上
他心中一惊

说干吗

心里预备台词

不要再提复婚

我们回不去了

前妻手握手机

一脸苦楚

说脚麻了

冈居木

料 理

葬礼上
从灵堂
到医院太平间
再到殡仪馆
推尸体进火化间
他一直穿着
印有"韩国料理火锅"字样的
天蓝色工作服
在料理
母亲的丧事

讨债记

1995 年
一个哥们儿借了我 7000 元钱
不知去向
（他还借了许多朋友的钱）
20 年后

我把这事实写成诗
发在了网上
不久一个电话打过来
他第一句话
不是关于借钱的事
而是请我把网上的诗删除
他说单位同事都看到了
影响非常不好

海青

西贝柳斯公园

用六百根银白色钢管
高低错落组成一个
类似管风琴的雕塑
足以表现音乐家的成就
我们到达时风没到
没有听到风吹钢管
发出绝不雷同的天籁之音
这个没有文字的纪念碑
它的现代超前
不被当时的芬兰人认可
女雕塑家只能
又雕塑成西贝柳斯的头颅
下巴搁在不远的一块红石上
他紧锁双眉
在焦虑地思索
盲眼没有点睛

我的乳汁滋润过一个工人的眼睛

在我的哺乳期

六号线的保全工

拿着一个碗

打听着

找到

三号线的我

问我要点儿奶

好洗他的

被电焊打了的

红肿疼痛的眼睛

我到墙后的隐蔽处

挤出四分之一碗

端给他

也许

用不了

那么多

虎子

安全帽

爆炸现场的

废墟上

一顶黄色安全帽

孤零零地扣着

特别显眼

他走上前捡起

发现没有

希望的那样

帽下有一颗

完整的脑袋

喝江河

每次喝酒

他不说喝酒

说喝江河

喝茅台他说

喝了这杯赤水河

喝五粮液他说

喝了这杯岷江

喝汾酒他说

喝了这杯汾河

喝西凤他说

喝了这杯雍水河

不知道产地的酒

北方的,他说

喝了这杯黄河

南方的,他说

喝了这杯长江

只有喝家乡的酒

他不说喝湍河

他说,干

后后井

入殓师

初学的时候

要画千百种脸

学会后

师傅只让画一种

众生平等

闭上眼都一样的

没全听师傅的

只按亲属要求去画脸和化妆

化后觉得确实都一样

仍然自作主张地划分出两种

男人一种

女人一种

极少会有第三种

但要碰见死不瞑目的

安抚到瞑目后

她会细致地

再描一条线

让逝者微微张开眼睛

水龙头

厨房水龙头漏水
拧拧就会好一点
现在紧到极限了
还是有点漏
心想妻子手劲不如我
等她开口再换
从春里等到冬天
终于在一个深夜
妻捅醒我
说听没听到漏水声
你去看看
水龙头
是不是被冻住了

黄开兵

遗 照

父亲年轻时喜欢照相
从相片上看
他去过广西桂林
也去过北京、上海
可他去世之后
我想找一张他的相片
去放大了做遗照
才发现没有合适的
搜寻了很久
最后才在一本书里找到两张
看背景
是在照相馆摆拍的
父亲侧着身子微笑

每年不知有多少人醉倒在坟头

每年清明
到先人墓地

剖猪宰羊杀公鸡

满山遍野都是鞭炮声

男人们猜码划拳

不醉不归

常惹外地的人疑问

你们清明节为啥搞得这么隆重

那次我这么回答我的朋友

为了告诉我们的先人

我们丰衣足食

过得很好！

胡泊

销售员

20世纪80年代
我是手表厂的销售员
一个人去西宁
喝了七杯酒(一杯二两)
为单位要来七万元
如果电汇
单位要花许多钱
打电话也要花自己许多钱
于是决定自己带回去
三天三夜未合眼
钱就挂在火车
座位上方的挂钩上
连人带钱顺利回津
本想能得到奖励
没想到只得到一句话
你不要命了

为老婆卷烟

我七岁开始抽烟

为了好玩儿

为了酷

贰分钱两支：战斗

贰分钱一盒火柴

到现在从未想戒过

并能找出一万个理由

妻子从愤怒到容忍

从容忍到默许

从默许到随从

从随从到上瘾

我现在为老婆卷烟

江湖海

美国人收养的孩子

操一口
纯正的美式英语
小姑娘
电视屏上意气风发
借助网络
她找到中国父母
她说的话
我听懂个八九不离十
主要意思是
感谢父母将她遗弃

故　交

他升处级
我和他相处半个多月
一日三餐
他都陪我吃饭
作为回报

我和我的几名学生

为他的单位

整理了好几万字材料

他升厅级

我和他通过电话

没再见面

他来我生活的城市考察

也没谋面

后来在电视上见过两三次

他已升省级

现在就更难见到了

我不知道

他被关押在什么地方

居次

偏 方

只要在街头巷尾
碰到男邻居
我就莫名地尴尬
就好像曾经偷过情一样
当初他患眼疾
偏方要用人奶入眼
他老婆找到哺乳期的我
满满地挤了一大杯
同样那男邻居
只要看到我
目光也有所回避
他不回避还好
他一回避
我真怀疑
那一大杯奶
都被他喝掉了

无 题

医院走廊里

心愿墙上

贴满了粉色卡纸

每个卡纸写满了祝福

琳琅满目的其中一个

树叶一样飘摇

毫无征兆地陨落在护工脚下

护工弯下腰拾起

这枚祝福

轻声念读

跪求：黄白二仙保住我儿

读罢摇摇头说

来这儿只有医生说了算

说完就把卡纸丢进了

垃圾桶

姜二嫚

标　语

数钱时
看到一张印着标语的钱
看了看上面的标语
就忘记数到多少了
从头再来
又看到印着标语的钱
又忘记数到哪儿
又从头再来

姐　姐

在被窝
跟姐姐一起
看"哔哩哔哩"上
初音未来的全息演唱会
我说话时
嘴里进了一些头发
嘬了两下嘴

把头发吐出来
姐姐一脸震惊地
看着我
说
那是我的头发

姜普元

爷 爷

我发现 11 岁的陈千金
懂得很多事情
知道一头牛的价格
知道村里的
各种稀奇古怪的情况
她说
爷爷总觉得自己活不久
所以什么都对我讲

太太去了千里之外的广州

晚上
我们一边吃饭
一边听外公讲亲戚的事情
孩子突然说
快看快看
只见监控摄像头慢慢转动起来
对准了餐桌

孩子们齐声喊道
妈妈、妈妈
你吃饭了没有

蒋彩云

异地恋

一个人看房
一个人签合同
一个人搞装修
一个人搬家
偶尔有人来送快递
或是修理东西
他隔着手机屏幕
一遍一遍提醒我
把他的警服放在客厅
最显眼的地方

书　包

孩子们不喜欢穿校服
他就留着，穿着去工地干活
工友笑他自己也是大学生
等到子女都长大成人
去了大城市生活

他一个人住在老家
时常拿着一个儿童书包
装着渔具
去钓鱼

双子

回 礼

回家过中秋
一进小院儿
见地上躺着一个大丝瓜
问母亲哪儿来的
邻居家爬过来的
她边说边伸出手指
顺势看过去
在满园草木的掩护下
确有几根瓜藤
越过栅栏
潜入了我家
人同意咱摘了吗
我一把捧起这个大家伙
什么同不同意的
母亲笑道
咱家石榴
不也长过去了吗

大黄牛被注水 120 斤跪地流泪

她发给我一个
标题如上的视频
说她不敢看
让我看完告诉她
发生了什么
我说我不想看
她说你们口语诗人
不是最看重
事实的诗意吗

康蚂

心 病

那年深秋
在泰国清迈
乡下的寺庙
遇到一位
年轻的僧人
我们相谈甚欢
临走时他送我
一条开过光的手串
至今我还记得
同行的老总
小声埋怨我
出家人的东西
也敢随便要

谷 雨

在西湖村大街
经常看见一位

描眉画眼的中年男人

牵着狗专门

找路人要烟

收到烟后他会

礼貌地说声谢谢

然后继续寻找

下一个目标

今天又见他

找开宝马的女士要烟

要没要到没看清楚

反正他牵的那条狗

在人家后车轮上

撒了一泡尿

李海泉

通 话

大唐遗址公园
一陕北口音中年男挺着大肚子
醉醺醺正打电话：
周……周……
周书记快不行了
你跟小王想尽一切办法
一定把钱
要给我摁住
摁住

姑 父

四个月前
儿时带我放过牧的姑父
查出肝癌晚期
他比之前变得更加古怪暴躁
朋友看他时拎的水果
要放在他能看见的地方

不给别人吃

亲戚走时

如果没有给他留下钱

他会生气

高声骂起来

今天 8 点 45 分

他走了

满是水果味儿的病房

回荡之前他亮堂堂的嗓子喊过的话

等我好了

就跟你们所有人断绝来往

一个也不原谅

李伟

不好吃的鞋和好吃的鞋

拖鞋不太好吃

有点黏糊糊的

草鞋纤维太粗

咽下去有困难

人造皮革的鞋

怎么嚼都嚼不烂

布鞋很清爽

非常适合凉拌

球鞋风味独特

但最好加入咖喱

只有真皮的皮鞋

才真正是美味

可红烧也可白煮

直接蘸酱油就很好

而最顺溜最好入口的
还是鞋带,就是鞋带

以色列

水从一个铁皮水桶上的一个弹洞里
流出
谁
听到了那声枪响

蓝白相间的
天空
在剩下的半桶水里荡漾

刘菜

南湖序

赵壮志来西安
我、吴冕、李海泉还有阿煜
五个"90后"
在南湖公园聚会
坐在一起
坐了好一会儿
都没什么话说
只好开始读诗

要　求

剧组开机
吸引了一大群看热闹的
附近的居民
开机后
每天都是这些人
抢着来当群众演员
一天二百元

没有台词

他们也不在乎

只为看看明星

化妆发朋友圈

直到有一天

副导找人演警察

他们提出了要求

演警察

只要让他们嚷嚷两句

就不要钱

李异

烤猪在一条朝南走的狗的心脏里哭

我想和诗人们

一起去日本

（看新宿歌舞伎町

拜访漫画大师鸟山明、池上辽一）

去台湾

（吃地道中国小吃

欣赏壁纸一样的清新美少女）

去柬埔寨

（听吴哥窟石板缝里

游魂的呼喊）

我还想今年夏天

去俄罗斯

（艾蒿报名了）

但都只是想想而已

（我是一个没钱的男人）

昨晚

陪女儿

在房间玩

她说爸爸

我们来游泳吧

于是我就趴在床垫和棉被上

模拟着自由泳的姿势

劈波斩浪

身无分文的爸爸

真像一只

无蹼的鸭子

诗　孩

在商南

山脚下

凌晨3点多

入睡没多久就

接到家里电话

女儿发高烧了

我妈一个人

手忙脚乱

不懂拧开退烧药的瓶盖

急得我

跑到卫生间里

大吼大叫

同屋艾蒿的女儿

第二天

也是高烧不退

他妈斥责他

只顾在外面玩

我听到

艾蒿也是急得

从诗会现场

跑到楼道

大吼大叫

接下来的读诗环节

我俩的诗

都像发了高烧

一蹶不振

瑠歌

我的民间立场

久居国外
我现在 you tu be
观看农民做饭
四十八元钱
六斤生大肠
炒了一大碗
桌子上
大人不停夹肉
从头到尾
孩子拿着手里的面包
没吃一口菜

上帝的城

在墨西哥城
的集市
太阳
城市的焦土

一个老人
守候着他
一平方米的玻璃箱
里的粉色气球

我亲眼所见
他遵守上帝戒律
沉默
卖儿童玩具

李振羽

信 史

国家开大会
为改革先锋颁奖
我以为包括
中国先锋诗人

天 色

八岁那会儿
刚入村小学
迟到要像四类分子
胸前挂一个大方牌
毛笔大号字书写
我是迟到分子
我很可耻
满校园巡游

那会儿
听鸡叫次数

判断天色

等我们到了学校

门还紧锁着

就蜷缩在校门口

呼噜噜拉着鼾声

1983年上了初一

第一课就学习

雄鸡一唱天下白

老师伸长脖子

讲解中心思想

我总怕

误判了天色

李东泽

女　神

我问候你妇女节快乐
你说要叫女神
我想起那年你躺在床上
疼得我都想剖了
你却仍然忍着
把孩子顺产生下来
后来你一咳嗽
就会尿出一股尿
再后来我们才知道
那是很多生产过的女人
都得过的一种病

两个举报者

头戴面具
一个是熊
另一个是狗
走到台上
领奖金

绿天

伴

85岁的大权爷爷
长他一岁的老伴走了
白发陡增
他一个人在院子枯坐
每天天黑
颤巍巍地回屋
边关门边喊一声
"少琴——我关门了哈!"

感 叹

他经营着一个农植厂
他的第三任老婆
又走了
他对来拜访的我说
"我栽什么都可以栽活
可就是栽活不了
一个老婆"

刘德稳

十步之外

在昆明圆通山
唐公墓前
麻雀
把家安在
墓碑的石缝里
我沿坟墓
走了一圈
一枚蛋
从窝里
掉下来
被一朵
绽放的
曼陀罗花
吞下
我在十步之外
听到身后
嚓的一声

命

有一天
睡着的土地
再也长不出粮食
它抱着
曾经耕种过它的人
长出
一茬又一茬的
野草野花
最后
没什么可长的了
就从地里
长出白骨

黎雪梅

原来如此

到老同学
生活的县城小住
民风淳朴
秩序井然
我感叹道
"你们这里治安真好"
她哈哈一笑
"连小偷都去当协警了
治安能不好吗？"

流　氓

盘山公路的半山腰
一群牛缓缓行进
将路面堵得水泄不通
司机直按喇叭
牛们充耳不闻
其中一头公牛

竟将前蹄搭在了
母牛的后背上
司机刹车大骂道
"妈的，碰到流氓了！"

蓝色妖姬

拾荒的人

他独身一人

喜欢喝个小酒

打个小牌

一个人吃饱全家不饿的小日子

他就这么过着

在别人眼里

闲了可以看见他

忙了可以对他视而不见

就这么一个人

在汶川大地震发生后

我曾亲手接过他捐的 500 元钱

并写下他的名字

昨天

他走了

他悄无声息地离开了人世

五十七条

从娘的口里

我认识了她

一个目不识丁

缠着三寸金莲的慈祥老人

让我印象深刻的

是她背上有五十七条

用火柱烙下的印记

那些烙印

是土改斗争中

逼她交出大洋时留下的

娘说,五十七条

有整有零

莲心儿

北京地铁

我自驾轮椅
在地铁站等车
车门打开
人们蜂拥而下又蜂拥而上

我急得喊道：
"快帮我一下！"
"我要上车！"
门口几人互相看看
迟迟疑疑下来帮我连椅带人拽了上去
车门即刻关闭

我连声道谢
人们没言语
也没表情
似乎刚才没人帮过我

变 异

在医院养的花儿总变异
白色的蟹爪兰开着开着就有了粉色的
粉色的玻璃翠开着开着就有了红色的
黄色的海棠开着开着就有了白色的

这次开了快一个月的龙吐珠
紫色的花朵开着开着居然又有了几朵蓝色的

我能不能也变异呢
长出两条能走路的腿来

拉萨

遗 像

爸爸从柜子里拿出来
三个相框,说小年
就要供起来
说完拿起一块
柔软的布,给他爸爸
轻轻擦了一遍
给他妈妈,轻轻擦了一遍
之后,那块
柔软的布,把我妈妈
递给了我

买只羊吧

瘦骨嶙峋,他的羊瘦骨嶙峋
他的几只羊和集市上的他一样瘦骨嶙峋
快中午了
他的羊没有卖出一只
该吃午饭了,集市上其他的羊都买走了

他的羊还没卖出一只
后来，他见人就喊买只羊吧
再后来，他的那几只羊跟着他一起喊
买只羊吧

陆福祥

背

用双肩包

背奶奶的骨坛

爬上

1000多米的晒古山

坐在羊齿草上

歇会儿

多像我儿时赖皮

不肯走路了

让她背着

回家的样子

小鬼坟

村子后山的竹林

火势扑灭后

光秃秃

像冒焦烟的坟包

傍晚

失火肇事者
犒劳前来救火的人
其中有一道菜
是灭火过程中逮到的
爆炒竹鼠崽
人们喝酒划拳
没有一个人提起
20多年前
这片竹林里
用布袋挂着众多女弃婴

刘刚

母亲节

和父亲过

金祖母

我们拿迁坟补偿款
给一生光棍的叔祖父
配了一个千足金女人

刘傲夫

冬天的镜子

村口的黄泥小路
被铺成四通八达的
柏油大马路后
冬天
有冰覆盖上面
它就成了
明亮的大镜子
傍晚,我下班路过
发现镜子上面
躺着一个中年女人
和她
轮子还在转动的
电动自行车
稍远处
一辆白色小轿车旁
高个子西装中年男
一边打着电话
一边向这边
呵斥着那个女人

叫她好好躺着

保护车祸现场

关　心

老妈是老江西

吃辣椒特厉害

来北京几年了

顿顿要吃辣

今天中午

她又要打开

一瓶"老干妈"

我脱口而出

"在北方别总吃辣

对皮肤不好"

不过说的中途

"皮肤"两字

被我条件反射地

换成了

"身体"

莫渡

稻草人

我没见过我爸穿中山装的样子
但这件褪色的中山装
确实是我爸穿过的
四个衣兜依然平整
仅剩的三枚灰纽子依然明亮
我妈把它穿在
两根树枝扎成的十字架上
戴上一顶草帽
站在樱桃树下
一个内心空荡荡的稻草人
怀抱大敞
风一吹
衣襟和袖口微微摆动
鸟没赶走几只
却在一天之内
吓了我五次

远　景

坐在果树下歇息
又见对面山坡那块荒地
多前年的一个清晨
一位少女
拎着瓦罐从崎岖的山路上
下来
跨过小沟
去对面给他父亲和二叔
送干粮
她走得缓慢
玫红的衣裳粉刷着那条小路
她的瓦罐冒着白汽
和我身后
灰骡子鼻孔中的白汽一样
我坐在地埂边
看她踏进潮湿泥土
随后他父亲
喊了一声
那匹红马便定住了

为了让她看到

我有在此生存的能耐

我起身

抽打着骡子的屁股

在麦茬地里

回来折返

如今那田地已荒草如林

没有一条可行的路到达那里

我也不用

与一头牲口为伍

却被牲口一样拴在一棵苹果树上

明之之

小饭馆

我骑着单车

经过一家小饭馆

一个赤裸上身的小叫花子

突然从一堆空啤酒瓶中

抽出一瓶啤酒兴奋地问我

可以喝吗

我被他阳光灿烂的情绪所感染

没有细想：可以可以

并毫无疑问地

打了一个响指

草　原

一个邳州人

骑着摩托车

穿越呼伦贝尔草原

附近的一个牧羊人发现后

骑着摩托车追了上来

请他到蒙古包做客
他说已经两个月
没见到一个人了
临走时留恋地问他
回来还走这里吗

茗芝

爸爸多少只手

爸爸接我放学

手里拿着两个袋子

一个装鸡蛋

一个装包子

手里拿着一把阳伞

一会儿撑开

一会儿收拢

手里抱着我的弟弟

见到我以后

又一手牵我

爸爸是怎么做到的

撕

妈妈让弟弟撕书

说弟弟喜欢听

撕书的声音

我看到

皇帝把绸缎

给妃子撕

妃子喜欢听

撕绸缎的声音

南人

秦　腔

在北京打工的咸阳女子说
她们村里秦腔唱得最好的
这几年全都死了
有的出车祸
有的上吊
因为他们唱的全是死人
唱的时间长了阴气缠身
到头来一个都没有剩下
现在村里再没人敢唱了

我说
是不是他们唱得太好了
人爱听
鬼也爱听

她使劲点头
并且不停地惋惜
唱得最好的那个女子
是全村最最漂亮的女子

常常听到她家里吵架

最后也给唱死了

她唱是真唱

她流泪是真的流泪

老猫传

老猫在老家

跟爷爷最好

爷爷种地

猫也跟着

狗一样忠诚

有段时间

爷爷奶奶进城养病

老猫独自在家

东家找点吃的

西家找点吃的

回到自家院子

像狗一样

睡在院子中央

爷爷奶奶去世以后

老家很少再有人去

只剩老猫独守院落

有一次打架

大败而归

受伤的老猫

躺在自家没人的院子里

舔着伤口

再后来

老家的院子

年久失修

已然凋敝

有人发现

在院子中央

一堆枯草上

一只老猫

舔着伤口

尸体已经干枯

彭晓杨

叮 嘱

她把一大包药
装进不透明的袋子里
对面前驼背的老太太说
"回家不要跟任何人讲
我带你来看病了"

危 房

父亲的一亩地
十年前外出打工
给大伯种了
大伯二十年前
在镇里定居
村里没有他的房子
父亲结婚时盖的新房
长期无人居住
现在已被拆除
县政府发文说

县里没有一处危房

父亲赶紧回村

把奶奶的平房

翻修一遍

才保住以后过节过年

回去给先祖上坟

唯一的落脚点

潘洗尘

请叫我稀土

2016 年
我去上海做手术
有一天晚饭后
和朋友在医院内散步
走到门诊大楼前
见一排宣传板
便停下脚步观看

在一大段
介绍院史的文字中
有一句话
让我顿觉信心倍增
此后也将永生难忘——
"我国癌症病人资源丰富"
当时我就想
我都是资源了
我还怕什么

人　世

母亲的内心

应该是带着

巨大的满足感

走的

在她生前最后的

那段日子

所有的亲人

昼夜不停地

陪在她的身边

尤其是一个

一辈子嗜烟如命的人

在病房里

还能享有抽烟的"特权"

当然　最让她豁朗的

还是她觉得

作为永远的核心

这个让她整整操持了

55年的家

即便自己已躺进了

CCU 甚或是最后时刻的

ICU 病房

一切

都尽在她的

掌握之中

但在母亲走后

还不到两年的时间里

过去长达的 55 年里

一直都对她

唯命是从的父亲

据说

已经先后换过了

两个老伴儿

三个A

读 者

把肉递给我时
她突然压低声音
你知道前两天
在菜市场
有人因抢摊位
打架致死吗
我愣了一下
疑惑她怎么会
和我提这个事
"你不是诗人吗
看看对你写作
有没有用"

病 根

每到要排泄
母亲就肚子疼
一个月过去了

吃药打针

也不见好转

带她去做肠镜

并取出一节

五厘米的肉瘤

结果呈良性

我们都以为

肚子痛会好了

最后又去做B超

发现子宫里

还存留着

三十多年前

的结扎环

手术取出来

已锈迹斑斑

令人不解的是

期间又生下了

妹妹和弟弟

铁心

孤立的镜子

4 号楼
走梯拐角的地板上
斜立着一面老旧的镜子
在昏暗的灯光下
它几乎没有什么可以影射的
只有偶尔路过的腿脚
不过
这些到来的人
面对它时
都习惯弯下腰
看看自己全身的模样

高楼里的跳绳

邻居家的小姑娘
很起劲地在楼道里练习跳绳
她的妹妹光着小脚丫
帮忙数数

她们的妈妈

挺着大肚子出来劝阻

别在楼里跳了

人家楼下不愿意

小姑娘辩解

这是老师布置的作业

我要跳一百下

还差点儿就够了

妈妈无奈地挺着大肚子

回房间里了

姐姐继续跳着

妹妹继续数着数

楼层里传动着

抽打地铁般的声响

王骚

吃肉串

正月十六晚
请杨子到文化街吃肉串
到了烧烤店才发现
手机和钱卡都忘家里了

杨子抢着买单后一个劲地说
你又不是故意的
别不好意思
尽管吃

我本想和扬子
客气客气来
刚张嘴就发觉我的假牙
也忘家里了

放　电

买了套新床单

铺床时嗞嗞嗞冒火

电了我一下

上床睡大觉

脱毛衣时嗞嗞嗞冒火

电了我一下

想睡睡不着

我看看她

她看看我

万万没想到

这个老妖精的老眼

也会嗞嗞嗞冒火

都老了老了

又电了我

一下

王清让

诗和远方

诗会上

李景云属

把自己的朗诵视频

制成抖音发在了朋友圈

突然,一拍脑门儿

"坏了,忘屏蔽一个人

我跟俺老婆说

自己是来郑州

找工作的……"

一升白面

现在,你如果

去医院看病号

问"想吃啥呢?"

病人几乎一致回答

"啥都不想吃"

1959年冬,我爷爷

去小洛庄看望卧床不起
奄奄一息的姑奶
问"想吃啥呢?"
姑奶呻吟着道
"啥都想吃"
爷爷带来一升白面
吩咐表婶赶紧下厨打甜汤
没几天43岁的姑奶就能下床了
直到86岁才寿终正寝

王允

无　题

十三岁那年
得了乙肝的小叔
拉着我的手
头凑过来
要跟我说悄悄话

我妈攥住他的手
干着嗓子说
向辉，你回家不
天黑了
姐送你回去
有啥话你跟姐说

安　慰

在心内科上班的妻子
怀孕六月
还要再熬最后一组夜班

同事安慰她

怡茜别怕

最近西府正割麦子呢

病人没多少

等你上夜班的时候

长安县的麦子又熟了

你肯定清闲

吴冕

烧烤摊

室外的烧烤摊上
一个上衣沾着水泥
的中年男人
和服务员吵了起来
事情的起因是服务员忘了
给他拿杯子
服务员是个年轻的小伙
听到中年男人骂娘
抄起铁凳子正准备开打
被旁边的一个人
一句话给劝住了

"都是下苦的人嘛,有啥打的"

马

那是一个夏天的傍晚
天色刚刚暗下来

我从牧场边的

小木房子里出来

远远地看见一匹马

被拴在一棵树上

还未走近

我就听见

哗啦啦的水流声

那匹马粗壮的生殖器

简直就像打开了阀门的水管

声音大极了

夏酉

今天我听到了一声"啊"

它来自一个中年男人
在车祸现场的路边
面对被压扁的轿车
面对四死一伤的家人
他长长"啊"了一声
像要把五脏六腑
都"啊"出来

我从没听到过那样的"啊"
那不是抒情诗人们
诗里的任何一种"啊"

借　火

城中心的河岸边
我背靠着护栏在等人
距离我两米左右
一位青年

掏出一支烟含在嘴里
接下来他的双手
在身上来回摸索
应该是在找打火机
但摸索了一阵
还是两手空空
然后他看了看我
递过来一支烟
并向我借火
这支烟
我一直没点燃
最后悄悄地扔了
他递烟给我时
我看到
他的手臂上
凌乱地分布着
许多大小不一的针孔

徐一峰

女博士和男博士

新来的单身女博士和单身男博士
同住一套教工宿舍
共用客厅厨房卫生间
水费分摊，一轮一个月

轮到男的交费，刚好没住几天
认为应该女的交，女的说
轮到谁交就谁交，规矩不能乱

女博士的毕业论文与女权主义有关
男博士的是当代电子对抗技术研究
知识就是力量，力量决定脾气

女的拽住男的衣服，男的把女的
反拧在地上，滚打成一团
不光擦出火花，简直火光四溅
男女各自报警，警察赶来救火
现场划分责任，女方支付水费全款 36.5 元
男方承担女方医疗、康复、精神刺激费

双方互付，衣服撕烂费

老仉养鱼

深夜　客厅里传来
吃饭声　吧唧吧唧的
能感到　嘴唇摩擦的力度
牙齿咀嚼的快感　还响起
吸溜吸溜声　完全是
一群人喝粥的动静

清早　老仉说昨晚
睡不着　鱼食撒多了
撑死了好几条鱼
翻出了鱼肚白

向宗平

自由体操

在监室的顶楼上
监狱长领着我们
透过玻璃天窗
介绍犯人们的生活习惯
忽然下面监室
一个光头从凳子上跳起来
扑向另一光头
拉扯之际
一个又一个的光头
扑向第一个光头
反臂、扑倒、嘴啃泥
……
监狱长得意地说
这叫"以暴制暴"
每天的节目
"让他们操练操练
也不枉监狱走一遭"

回乡偶书

一条大黄狗
要过一条百米长的田埂
它走几步
左脚踩进了田里
田里的鸭子扑棱棱地飞
又走几步
右脚踩进了田里
田里的麻雀扑棱棱地飞
它走完那条田埂
几乎成了落水狗
那天是村里的张大爷
满百岁
狗吃了人们吐的酒食
醉醺醺地过了那条
百米长的田埂

邢昊

我问格塔丽娜耶稣是哪里人

他当然是以色列人
虽然耶稣的父亲是个木工
虽然耶稣也是个木工
虽然耶稣受洗后
肯定和木工不一样了
但他当然还是以色列人

春雨贵如油

这样的鬼天气投票
简直太糟糕了
村民们叫苦连天
冯小琴足足小跑了四十华里
从天还黑得像锅底时就跑开了
这才从娘家冯家圪梁
气喘吁吁跑进来
心都要从嗓子眼里蹦出来了

狗日的天气也很怪

按说春天不应下连阴雨

可这场雨却从昨晚

就一直没有停过

各村都出现了房倒屋塌的情况

选举中弃权的比例

肯定会直线上升

对这种潜在的危险

竞选村长的梁卫星梁老板

当然不会低估

不过他估摸村民们

绝对不会因天上

掉下区区寡淡的雨水

就不来领金龙鱼了

易小倩

亚洲蹲

一个留学生在朋友圈
晒了一张自己女儿
蹲在地上的照片
并配文说
很骄傲,我的女儿
是在中国出生的
很早就学会了
中式蹲厕所

乳腺检查

女医生命令我
脱掉外衣和胸罩
穿上防辐射服
我穿了半天穿不好
她袖手旁观
后来因为我胸太小
不方便检查

她一改之前的冷漠

帮我托起乳房

奋力塞进扫描仪里

累得满头大汗

临走的时候

还提醒我

包和手机别忘了拿

于行

相　貌

在外务工的大姨夫
没上过学
我好奇他一个人
往返于重庆和广东之间
是如何做到的
那天我终于憋不住了
委婉地问他
这么多车
你怎么搞清楚的
他笑了笑说
"看相貌"
"什么相貌"
"先看司机相貌
次数多了就看司机车上
字的相貌"

接到一个打错的电话

一个中年男人的声音

沧桑而沉重

由于信号原因

他反复确认我

是不是叫孙什么旭

问我在哪里

现在还忙不忙

最关键的是

他让我赶紧去医院

看爷爷

最后一眼

云瓦

抖 音

他的头抖动着

他的牙抖动着

他的舌头抖动着

对我们这些老同学说

我这个病啊

死亡率 99%

99.99%

99.999%

追饭的少女

最近一个月

我注意到一个女生

她总是

在跑着去吃饭的

学生大军的最前面

一骑绝尘

连男生

都没有人能超过她
自发现这个规律后
我每次再上
他们班的第五节课时
都不拖堂
好让她准时起跑
天天得第一

杨邪

读　者

一个男子在报亭
买《真理报》

摊主问
同志你每天早上都来买报
可为什么连翻都不翻开
就扔掉了

男子答
我只对头版感兴趣
我在等一份讣告

儿子口述的高三晚自习片段

占用我们的晚自习时间
数学老师进教室讲试卷

这道题呀很漂亮

刚讲完这句口头禅
就忍不住仰身打了个响亮的喷嚏
这下可尴尬了
他说，我知道
你们都在咒我死

这时第一桌有个同学马上问
老师，你买保险了吧

原音

政 治

开学第一天

送紫伊上学

我如数家珍

给她掰着手指

数初中新增科目

最后说到思想品德

她说叫品社

我说

我上初中时

叫政治

紫伊说

管他正直不正直

只要我

正直

就可以了

总是还要有点声音

不能太静

总是还要

有点人声

退一万步讲

蛐蛐叫

狗叫鸟叫

风扇转动时

呼呼的风声

总是要有点声音

填充耳朵

不然

谁能受得了

这寂静山村里

鸦雀无声时

袭自内部的

轰鸣般的

耳鸣

隐形鸟

太疯狂了

浏览朋友圈
看到有个抒情诗人
竟然要嫁给
一轮明月了
我倍感惋惜
但不知如何
挽救她

山里人家

洗碗布
是用旧了的
内裤

余毒

放风筝的人

牵引手中线
左几步右几步
进几步退几步
身体后倾
强化地心引力
抬头望
那风筝
是一扇铝合金玻璃窗
另一个安装工
正在阳台
操作吊机

新赤脚医生

猪价够硬
病猪才能
享受输液
兽药假劣

得用人药

我们镇卫生院的

女护士

今年就忙着下乡

给猪输液

骑电动车

穿行田埂

去养猪场

赚外快

玉泽

在自主洗车的地方

我正在清洗擦车布
一个洗车的出租车司机
趁我没注意
往我的水盆里
挤了两滴清洗剂
并解释说
"清水洗不干净"
结果我沮丧地发现
因为这份热情
我用了整整十盆清水
才把擦车布上的泡沫洗干净

杏　花

杏花配微雨
再合适不过
可在敦煌
杏花时节

只有风

没有雨

风小时

杏花开得快一点

风大时

杏花落得早一点

周洪勇

只有太阳值得学习

我要学那兜售祖传秘药的小贩
带一个电喇叭走街串巷
叫每一个与我擦肩而过的人
都听见——

只有太阳值得学习
只有太阳值得学习
只有太阳值得学习

昨夜,我看见了它的沉落
今早,我看见了它的升起

弥留之际

医生嘱咐他家人
他想吃哪样
就煮给他吃
唐老师时日不多了

我和几个同事去看他

没多久

他就问我

去年你晋级后

比原来多了好多钱

160

为了不让他更痛苦

我少说了300

周晋凯

搀　扶

每天下午在小区
相互搀扶着散步的
邻居大叔大婶
今天下午不知何故
大婶倒了下去
电影慢动作一样
拉着她的手的大叔
也缓缓倒了下去
两个人滚在了一起
但大叔摆手示意
不让我们过去帮忙
大叔先站起来
然后他又慢慢
把大婶拉了起来
他们没有拍打身上的尘土
就相互搀扶着
往前走了

母亲的诗

我只写过一首
母亲的诗
是在 2005 年 5 月
母亲去世以后
它在我的电脑里存着
纸质版压在抽屉的
最底层
这首诗我给妻子
妹妹和儿子他们读过
读过之后
看着他们低头抽泣
我又把那首诗
放进了抽屉最底层

赵思运

馍馍尿。1978 纪事

学校都没有茶水炉
热气腾腾的大木桶从食堂抬到露天操场
每人盛一碗蒸馍的水
黄黄的
大家都叫它馍馍尿

小学二年级时的一次发言

1976 年
我小学二年级
在控诉"四人帮"的全校大会上
我被安排做典型发言
开会前十分钟
语文老师把我叫到办公室
交给我
为我写好的发言稿
让我熟悉一下
然后他就出去了

一直到我上场都没来

办公室里

就剩我一个人

老师的字迹很潦草

读发言稿时

我遇到不认识的字

就停下来

语文老师就赶紧跑过来告诉我

我再继续往下读

那次大会上

老师上来了两次

听众都没有感到奇怪

只是不停地喊口号

庄生

一路走好

时不时有朋友
给我发来检测
僵尸粉的链接
我没有一次
对两千位微信好友
检测过
我当然知道
有很多僵尸粉
那又有什么关系
之前认识的人
如今形同陌路
那我就把他们的名片
当作墓碑好了

诗　本

好久不见宁清妍
这次来上课

我问她

最近写诗没有

她说

她写诗的本子

还没有到

等本子到了

再写

张明宇

父亲的利息

父亲离世整一年
母亲让我
去银行把他折子上的钱统统取出
营业员说
没有了
就剩三块六
要取吗
我说
爸不在了
取吧
她问
硬币行吗
刚好没纸币
我说好
过了一会儿
她捧出一把银光
闪闪
搁在我手心

先进经验

去远方一所学校

参观学习

课间操

学生如潮水

涌向操场

几分钟工夫

已站定

整齐的队列

横

竖

斜

都是一条直线

这也太神了

问他们校长

他呵呵一笑

伸手一指

每个孩子脚下

都有一个

亮闪闪的

瓶盖

第 五 辑 ——— 入选 1 首诗诗人 ——— 〇

白立

抒情诗人如是说

一位抒情诗人
偶然参加了某场
长安诗歌节
在读自己的诗之前
解释说
我是写正能量的
只会正着写
不会你们的旁门左道
今天试着读两首
自己客串的口语诗
算是玩票

随后
依然读了两首抒情诗

笨笨、S.K

问　路

医院门诊大厅
走着一对男女
女人问男人
人流室在哪里
男人回答说
随大流
女人说
这里又不是火车站

北浪

碑　文

我的小学老师

五十二岁脑溢血去世

三周年到来之际

请市上一位作家撰写碑文

在一大堆材料中

他没有找到一个

上级组织授予的荣誉

就把我写的初稿里

德高望重四个字

删掉了

冰雪客

沉

十一岁时跟她儿子
在池塘玩水
我第一次看到有人沉下起不来
三十年过去了
有几次遇见她
都觉得欠她一条人命
前几天
又遇见她
她对我有了笑容
我想告诉她
那时我哭了两天两夜

陈语彤

债

我坐在科室外候诊
一个妇女和她的女儿
坐在我身旁
女孩儿十岁左右
突然开口
"妈妈,我要买手机"
看得出这是她琢磨了很久
才说出来的
"不行!"
妈妈的态度
激起了女孩的斗志
"我就要,我就要!"
妈妈生气地站起身
白炽灯的光线
打在她蜡黄而沧桑的清洁服上
你看看我穿的是什么
以后你长大了
至少要还我 10 万元

从容

搬回妈妈的遗像

把她挂在哪里好

肯定是客厅

餐桌上方

有人反对

每天怎么吃饭

挂在电视墙上

外孙女说:每天怎么看电视

挂在进门的正对面

媳妇说:对着大门合适吗

保姆说,我们农村都这样

就挂在这个中堂

对着大门

儿子爬上凳子把妈妈钉在左边

取出角落里父亲的遗像

钉在右边

正中间是康熙写的

大大的红色的福

苍果

没你这儿子

我说我没你这儿子
他说我只有你一个爸爸啊
每个人都只有一个爸爸
不信你去问楼下的警察

窗外

遇　见

几个死鬼相遇
互相指着鼻子说
我是吃了你的百合死的
我是吃了你的猪肉死的
我是喝了你的饮料死的
我是吃了你的胶囊死的

陈万

无 题

我把电脑桌面设置成了
一张美丽的梯田图
领导走过来看到
指着说
他妈的
别看这地方
看起来漂亮
但那里的人哟
苦得不成样子
我说，那是我的家乡

陈杰

寻 找

我老家是座小城

城西的某处地方

据说是当年的刑场

我曾经多次寻找过它

都没能找到

这次从老家

返回市里的时候

我选择了向西的路

一路找下去

一直找得出了

小城的边境

查帅

体 罚

前天下午
老师发现高云翼抄作业
便惩罚他到操场跑二十圈
可是外面正在下大雨
高云翼以为
可以逃过一劫
结果老师把他叫到办公室
让他在跑步机上跑了四十分钟

代光磊

工作总结

病床前

母亲指着我妻子

对意识逐渐不清的姥姥说

你看谁来看你了

姥姥闭着眼

从氧气面罩里

哼出一声

快回去吧

别耽误工作

旁边的姨妈问

你说说她做什么工作的

姥姥停了会儿

哼出一声

为人民服务

董锦奇

报志愿

一家人在讨论
孩子想学医的事
最大顾虑是医闹
有人建议学兽医
动物又不会医闹
又有人提出异议
动物都是人养的
讨论来讨论去
最后一致选择了
法医

德乾恒美

心 念

一帮居士
点了一桌子
大鱼大肉
盘中之物
无论色相
个个栩栩如生
老方丈说
"那都是面捏的"
怪不得
啃完猪蹄儿
再食草鱼
不见他们塞牙
也不见使刀叉

段保兴

生生不息

1959年饿死了大娃
1960年饿死了二娃
1961年麦穗青时
喂奶的，三岁闺女也去了
老婆一直想寻死
待麦穗黄时
丈夫抓着老婆的奶说
"不要紧，我们的任务是再生三个娃。"

冯桢炯

不算数

父亲手术顺利
术后恢复期一直住在医院
久病床前无孝子
我为生计奔波劳碌
父亲问一直伺候他的母亲
大儿子什么时候再来看望他

我知道后打视频回去
对父亲说
我俩多视频几次
算是见面了吧
父亲说这个见面不算

埂夫

认错人

每次路过工地

我就紧张

下意识地用手掌或随身物品护着头部

大步流星

我担心被人砸中

而非砖头

而让我最绝望的

是有次我穿着西装

夹着黑皮包

经过某工地时

半块砖头

从天空中砸下来

经过调查

是一名少年所为

原来他认错人了

何金

守墓人

后山的公墓
先埋着我的父亲
又埋了我的母亲
我把白菊放在坟前
守墓人是个老人
他的老母刚刚过世
下山前他给我下跪
说是跪孝
说是打理完
这件喜丧就回
他让我替他
看一会儿墓地

荒目

表　姐

20 世纪 70 年代
表姐没有下乡
顶替她妈进了工厂
工厂的人都说
表姐漂亮
有一天车间主任
把表姐叫到办公室
然后一把抱住了她
表姐吓得哇哇大哭
车间主任愣住了
一向不苟言笑的他
突然也哭出了声

汉仔

无限期旅行

父亲走了十多年了
可我从不相信他死了
身体一直那么壮
一顿能吃三碗饭
咋就说走就走了呢
不就是个小肠坠吗
医生说做个小手术
调养十天八天就没事的
那天
推他进火化炉的时候
我只当他去旅游
正在过安检

韩德星

结

爷爷是套牲口的好手
给骡子上鞍子、上脖套、上笼头
再驾上车
装麦子、豆子、花生、棉花
他都会打出漂亮的活结
手腕粗壮，灵光
他最后给自己
也打了一个结
我没能目睹
对于一个半身瘫痪的老人
又站在凳子上
没有一辈子的功底
是打不出来的

洪恩博

摩斯密码

我的电话手表
需要新故事
满足小主人
一个人的夜晚
需要新故事
塞满整个房间

我的爸爸
需要他的孩子
早点睡
我只好让心软的妈妈
帮我下载
新故事

我走出房间
假装喝水
含着水
防着爸爸
说了一句

妈妈帮我下

可惜妈妈
只顾玩手机
没有破解
我的
摩斯密码

黑瞳

小秘密

就在外公去世的这几天
女儿开始一个人睡了
她不敢熄灯
说害怕黑暗中的鬼魂
让她愿意忍耐这份恐惧的
是她刚刚发现
自己的乳房
长出了小秘密

寒玉

给领导发福利了

一年春节

鼓足勇气

初次敲开

领导的家门

只他媳妇在

我把东西

急匆匆

往地上一放

贼一样转身下楼

等冷静下来

恨不得抽自己

竟然没告诉她

我姓啥名谁

干什么的

蒋雪峰

姓

松下、渡边、井上、田中……
明治维新前
贫民有名无姓
就以出生地标志
作为自己的姓
想想也有道理
人皆为自然之子
还将归于尘土
这些大阪的码头工
静冈县的农民
京都的小学老师
见面就哈腰
请多多关照
1937年7月7日
这些有名无姓的人
他们口袋里装着
亲人的照片《源氏物语》
没有谱完的曲、借条

举着三八大盖
踏进我的祖国
一个个变成了
杀人魔王

江雨

老实巴交

农村每逢有命案
记者问村里人对杀人犯的评价
回答往往是四个字
老实巴交

蒋涛

妈　妈

妈妈八十六岁
把家里
堆得乱乱的
和她出去吃饭
一路上走得
小心翼翼
她对我住的酒店
充满好奇
说每次路过
都不知道里面
有什么
目送她一人回家
才发现妈妈
像一个小女孩
走在大街上
小心翼翼

菊城阿萧

无 题

今天早上
我盗了伊沙的一张照片
发到朋友圈
《中国口语诗年鉴》的
部分编委
相聚商南
都是中国口语诗的
标志性人物

一个写
抒情诗的诗人
给我发评论
"关你什么事"
一个卖白粥油炸鬼的
老板娘
给我发的评论是
3朵玫瑰花

口哨

大哥哥

天还没有
完全黑掉
我坐在桌前
看东西
楼下的孩子
在做游戏
清脆的声音
爬上了五楼

一个孩子努力地喊
"大哥哥、大哥哥、大哥哥
你在哪里
我找不到你"
其他几个孩子
也跟着喊了起来
"大哥哥、大哥哥……"

你能想到
那声音有多大

而我坐在屋里

一遍又一遍

听着他们的喊声

我甚至想探出身子

告诉他们

"我在这里"

李锋

无 题

女儿脸上的

胎记

给父亲的吻

定位

里所

鹅

它伸长脖子直刺前方
扇开翅膀
啸叫着在我身后追咬
我吓得大哭起来
白鹅冠顶的肉瘤饱满而肿胀
两粒机警的小眼睛
闪着执拗的光
像极了一架直升机与一条蛇的
混合体

父亲一脚踹飞了那鹅
拽起我的毛衣领子
把我拎到自行车上
"你知道鹅为什么敢
追比它大很多的人吗"
见我摇头
父亲说鹅的眼睛
像一个凸透镜
它看到的一切事物

都变得很小很小
它才总有巨大的自信

多年后我想起这场对话
眼见父亲种种集勇气
与自负于一身的时刻
眼见他经受的每一次挫败
我终于知道了
父亲就是那只鹅

卢宗保

祖孙三代

鲁迅的孙子
在电视节目中回忆起
当他听
父亲说起
鲁迅
在晚餐时
站在摇摇晃晃的椅子上
亲自换了
一个灯泡
而颇感惊讶
因为这迥异于
鲁迅
作为一个伟人
在他心目中的形象

李子缘

寻 土

儿子很叛逆

屡教不改

只好求助老父亲

夜半驱车

把父亲从乡下接到城里

一进屋父亲问我

能不能找点有土的地方

把这捆葱栽着

只要贴地

有一丁点儿湿气

就经常绿着

廖兵坤

相濡以沫

妈妈半夜在被窝里
被蛇咬的时候
我正上小学二年级
爸爸用嘴
吸出毒液
嘴巴肿了一个星期
那几天
我有个特权
可以不做作业
专门去坡上找草药
把药嚼碎
先敷在妈妈腿上
再递给爸爸
让他含在嘴里

鲁子

狱友题壁诗

下周我就刑满了
时光啊!你可千万不要倒流

芦哲峰

打　牌

在鼓浪屿的
一处十字路口
一个腿有残疾的乞丐
坐在路旁，问
"老张，下午打牌吗"
另一个没有腿的乞丐
趴在路口的另一边
脸朝下，头也不抬地说
"打"

刘溪

老味桃酥

我掰下一块放进嘴里
这是昨天,我路过一个小店
顺手买回的花生油的老味桃酥
猪油的更香,我吃不上来
小学同学周一军的奶奶
每天早餐都用开水泡一碗
那是她的特供,家人绝不敢置喙
我看她瘪着老妈妈嘴吃下
一碗黄灿灿油乎乎的水泡桃酥
走出门,忍不住对周一军说
你奶奶吃的东西很像屎
我们就在上学路上,追打奔跑
我再掰一块。周一军的奶奶
要是活着,得有一百二十岁了吧
口感酥脆,嚼着像是祭品。

刘健

我经常从广济寺门前走过

从广济寺

飞向

地质博物馆

的麻雀

看得

清清楚楚

从地质博物馆

飞向

广济寺里

的麻雀

瞬间

渺无踪影

刘川

国　籍

这个国家
套着这个省
这个省
套着这个市
这个市
套着这个区

这个区
套着这条街道
这条街道
套着这个小区
这个小区
套着这个单元

这个单元
套着这个住户
这个住户
套着这个房间
这个房间

套着甲和乙

此刻

甲套着乙

写到此处

我觉得有必要交代一下

甲是孕妇

乙是胎儿

他或她还未出生

外面

就已经下了

这么多的套

绿鱼

德克士只营业到凌晨三点半

出北京站
车站外
德克士快餐店
人山人海啊
大多是为避寒
等地铁
开始运营的人们
好不容易挤到里头
被告知马上三点半
要打烊
柜台年轻伙计喊：
"XX，开始清人
把冷气开开
一冷，人自然往外走"

默问

串 台

乘务员推着食品车
推销新疆蓝莓、李果
东北口音
一大爷的手机响了
老人扯着嗓门
跟电话那头喊上了
山东味
宁静的车厢
顿时
像多了一台
收音机
正在串台

麦莎

两个不同的病人

虽然我是一个陪护
天天也觉得是一个病人
不同的是,病人躺在一张最昂贵的床上
我躺在一张椅子上
不同的是,他是矽肺病
我是高血压患者

马俊华

相　信

儿子大学同学
前几天总疑惑地问他
"觉得你家不应该穷啊
咋穿得这么寒酸"
（儿子确实不爱打扮）
他多次逗同学
"我家确实穷"
可对方始终不相信

终于有一天
同学忍不住问道
"你爸干啥的"
儿子回答
"写诗的"

"哦，难怪你家穷嘛"
这次同学信了

全京业

遗 产

姥姥没有留下
任何遗产
原有的几件老旧衣服
按照习俗
招魂以后烧掉了

只留下
两粒镇痛片

是姥姥卧病期间
天天跟小姥姥
(姥姥的同乡)要死药
小姥姥给的
跟姥姥说：是死药
吃两片就会死去
一点都不疼

姥姥说
我晚上吃，到晚上

偷偷放在枕头下
一直没吃

秋临

今天我们说起母亲

父亲摔伤了腿
一家子也都"瘸"了
午饭时我们说起母亲
她去世,在一个平静的早晨
她让父亲给她穿衣服,喂饭
然后躺下,说还想睡一会儿
大家于是各忙各的,一切如常
直到我去接班时
她已开始弥留
父亲,弟弟,弟妹
都感到遗憾
我宽慰大家,母亲走得平静
一如她平生,最不想麻烦别人
现在,我们围着父亲
我感到母亲也在一旁

宋晓贤

风信子

风信子开花了
站在阳台上
晒太阳
一束橙的
一束粉的
就像两个刚烫了头发
的中年女人

哦，我想起来了
像极了那年秋天
两个告密的女人

水央

想想人生就如此

炒沙茶耗油牛肉的时候
同时听着鲁宾斯坦的肖邦
一边是扑鼻满面的烟火
一边是风花雪月的仙境
烟花般绽放的
斑斓音句
让舒服得生出
鸡皮疙瘩，分神享受的我
把这些感动也
拼命炒进锅里

索河

面　纱

现在不露脸
再过十年
就没人看你了
一个大爷风趣地
对正给树
拆卸彩灯的
中年妇女说
她戴着的纱巾
刚好被风
吹开了一角
她忙往回
掖了一下
笑着说
摘了不好看

四面来峰

公园里的草

长了又割

割了又长

假如是我

顶多割我两回

第三回之后

我一定不长了

沙凯歌

人　鸦

她擅长手工
喜欢布艺拼色
她给班上十多个同学
做过一些
彩色的沙包
但同学们
都不想和她玩沙包
她长得胖
跑不快
会很轻易地
就被沙包砸中
谁和她一组
等于输

这些年
我总想起
她穿着黑棉袄
在课间
低着头
缝沙包的样子

石蛋蛋

皈依之后

树上的鸟儿
睡着了
把地上的我
吓了一跳

司汉科

鱼的中秋

我居住的黑河离黑龙江很近
每年中秋一大批鱼洄游界江
让渔民享受盛宴
现在鱼也精了
跑到界江的那一侧过中秋
渔民不敢过境
只好空船过中秋

苏不归

猫　眼

天刚亮
丈母娘
透过猫眼
看了一下门外
确定没人
才开门

天大亮
妻子
透过猫眼
看了一下门外
确定没人
才开门

前几日
有位亲戚放狠话
"这房子是我的
我要杀了你们"

我出门前
没看猫眼
有我在
他别想进门

孙虹凌

诗人的非正常死亡

昨天去新华书店

买回胡亮编著的

《永生的诗人》

书中所列

从海子到马雁

还有骆一禾、方向、戈麦

还有顾城、麦可、马骅

还有余地

不包括张紫宸、辛酉、陈让

他们均以不同的方式

告别世界

他们中间

没有一位是口语诗人

沈熙雯

敬业有时是种病

听说
世界上所有成年人的大肠
连起来
可以绕地球四圈

希望
研究这个的科学家
不要把这个实验
做一遍

天狼

五楼上的陶渊明

从我居住的五楼上
能看到三十里外
鲁南热电厂的烟
红白相间一小截
戳在马路对过
那片小区的楼顶上
它随着天气时隐时现
每次我读书读累了
就抬头看看那截烟囱
觉得自己特像陶渊明

维马丁

大雁塔

西安大雁塔

曾经有人摔死

在韩东的诗里

在20世纪80年代

现在不可能

修得太安全

不过如果你硬要摔死

也许有办法

不要到最上面

那边有保安

最上面第七层

你在第六层爬出去

也许可以,如果你很瘦

也许够高

不过要警告你

这次韩东不会感兴趣

韦笳

潜规矩

2008 年汶川地震
单位组织捐款
我想多捐点
某负责人说
不行
你不能超过主要领导

王林燕

罂粟啊！向日葵

牧人骑着马

走在山崖上

看见山下向日葵地里

种了一片罂粟花

黄金海洋里

跃动着红彤彤的火

他被眼前景象惊呆了

大张着嘴

找不到词语来形容

于是策马奔腾

到乡政府去举报

吴长杰

商 贩

高中出租屋楼下
每天都会有一个
五十多岁的大叔
准时在楼下
吆喝叫卖水果
每次秤水果
只要有人往他
秤杆上多扫两眼
他就会
一遍又一遍地说
我是当过兵的
我是当过兵的
我是当过兵的

吴涛

记录口语诗的一次命运

本地一次组稿

某省文学刊物

推出

偏偏少了约过稿的

我,周晋凯,赵立宏

三位入过《新诗典》的

口语代表诗人

组织者发布信息时

我赶紧点了赞

随后得到说明

口语诗先

不上

小女巫

英式审美究竟是个什么鬼

每个周末

拉维必须驱车 3 个小时

回到自己在威尔士小镇上

购买的闲置房

修剪他的草坪

(有时需要先充电)

给草坪剃成板寸

再用木杈把草拢成草垛

最后用那种超大袋子

把草屑装起来

再开车送到很远的垃圾分类场

所有这些就是为了

让那片草坪看起来

像电脑上的绿色屏保

小虾

满地找牙

清明祭祖
炮仗声响太大
树哥六千块钱补的假牙
被震落了
大哥见状
一同帮忙找寻
树哥耳语对大哥说
动作小点
别让后生知道咱俩处级干部
满地找牙

下潜

垃圾分类 2019

我躺在家里的床上

耳朵开始对垃圾分类

凌晨一点的声音

是摩托、醉汉的喊闹声

凌晨两点

是外卖小哥按响楼层门铃号的声音

凌晨三点

是楼下出租屋内推麻将的声音

凌晨四点

是回收垃圾的环卫工人

开始检查我收到的垃圾

有没有正确分类

小亮

经济危机来了,让我们一起吹泡泡

经济危机来了
我心里想
经济危机来了
我对自己说
经济危机来了啊
小古
你还太小
让我们一起吹泡泡吧
让我们一起
吹泡泡

西娃

孩子们

几个小孩进入
我房间
"这里好香
你好香……"

他们在我屋里
抚摸瓶瓶罐罐
"是什么这么香"

"我有 46 个国家和地区的
精油——植物的灵魂
等于有一座隐形的森林
长在我的屋子里……"
我向他们吹嘘

"那,你屋里有松鼠吗
有狼吗有老虎和鬼吗……它们
是不是都藏在
你的床底下"

他们尖叫着
说真的看到了
这些东西

辛刚

春　味

下了一夜的雪
隆起的坟堆变成了白色
我和妻子两个
将黄色和白色的纸钱
插在雪上
离开时
我抓了一把雪团
喂进口中
是父亲身上酒精的味道

杨渡

一节课三个老师

前桌突然回头
笑得很诡异
说下一节会有三个人来给我们上课
我吃了一惊
琢磨了半天才明白
他指的是数学老师
和她肚子里的双胞胎

岳上风

会垒石头墙的人不多了

全是老人
他们不紧不慢地垒
领导嫌慢
经理嫌慢
包工头也嫌慢
工期紧这么多石头房子
何时能垒得完
吆喝声训斥声里
他们似乎快了
那么一点点
手有些抖
脚步有些踉跄
呼吸也重了起来
在检查团转身要走的时候
蹲在东山墙上的一位
忽然站起身
朝着空旷的天空
耍了两句
地道的京腔

晏非

口头生死状

父亲八十八
行动不便
门口诊所
上门输药最方便
但不敢输
怕出事担责任
这次我过年回家
肩负的一个重大使命
就是找这家诊所
放话：
老人自愿求输
输死没责任
还好
医生见是儿子上门
爽快答应
等于是签了个
口头生死状

袁魁

通天塔

我对这座塔充满好奇

但阿姨说这座塔

只是一棵树

长得很高

他们在它下面

生火煮饭

打架打赢了

就把俘虏押过来

或杀或烤

头留下来专门献给大树

他们叫它通天的塔

他们在下面唱歌跳舞

长得好看的女人就留下来生小孩

他们越长越漂亮

他们用骨头做的梳子

把自己的毛梳向一个方向

易巧军

雕刻家

确实，有时候
我认为自己是
一个优秀的雕刻家
我最自豪的成品
当然是我的妻子
我花了三年时间
雕刻她的身体
从少女应有的轻盈
到现在，逐步走向
妇女的臃肿
我又花两年，雕刻
她的神韵
从少女的孤傲
到现在，眼神充满
妇女的犀利
当她在菜市场
嘴巴像一挺机关枪
一样，为了一块钱
和菜农讨价还价

我就更加确认

我把她雕刻得

天衣无缝

鱼浪

最幸福的事

老家发来的照片上
儿子已经长过了
即将抽穗的青麦

邹雪峰

公园的栏杆

二十年前的

某个夏天

我们用贷款

买了第一套房子

那时候用贷款

买房的人还不多

我们还是很高兴

晚上在公园散步

她突然提出

我们要不要

扶着河边的栏杆

在这里做一次

我们满心激动地

坐在那里等

天很晚了

也没见行人散去

这二十年里

我们常去公园散步

有一次

我提议了一下

她那年夏天的想法

她愣愣地看着我

你要不要

不这么流氓

再说了

你看这栏杆

都已经生锈了

张敬成

和父亲同龄

今年

活到了父亲的年龄

干啥事都小心翼翼

6月下旬的那几天

赶上学生的考试复习

家庭的诸事不顺

一下子浮躁起来

好像失了魂一样有点飘

早上刷牙摔倒在地

起初以为没什么

医院CT

断了一根肋骨

卧床闲翻《马拉美诗全集》

最后一页记着

父亲的生卒年月

摔倒那一天正好是

父亲离开人世下葬的那一天

一切都释然了

是不是父亲推了我一把

把我推回了人间

张进步

微信时代的牛奶推销员

我订过他三个月的牛奶
后来出门一阵
就暂停了
又过一个月
他在微信上
给我发来信息
"这个月还订奶吗"
我回过去
"好,继续送吧"
却显示
"消息已发出,但被对方拒收了"
他肯定是忘了
已把我列入
拒收消息的黑名单
但他此后每个月
都不忘给我发来订奶的信息

张才模

荣　耀

一个朋友打电话给我
"诗人好
我买了只狗儿回来
你帮我给它取个名字"

曾庆群

克 制

每次小长假
母亲总会问
可要回去
我还没答出
她就说
要不算了
路上塞车
又休不了几天
等我一说回
她才好像
放下什么
把心里的那句
那就回来吧
说出口

赵雪峰

一条腿担怕保不住了

昨天工地上

一个工人修枝

树子的土球一滚压住了脚

大家七手八脚把树子掀开

我赶紧把他带到附近医院

对主治医生说

我俩骑摩托出去耍

落了点雨摩托打滑压住了他的脚

请医生帮忙看看

负责医治的医生看了看工人的脚说

不要紧,我给他拿几道内服的药

再开一瓶外用的药擦擦,几天就好了

这时当事的工人说

医生,我的脚是在工地上整倒的

好痛哟

"那得拍片子,把盐水挂起,留院观察,一条腿担怕保不住了"

朱广录

默 契

夫妻俩

在自家院子里

拉大锯

改木板

夫拉妻推

妻拉夫推

木板呼哧呼哧地叫

锯末如礼花

曾忠

万 岁

二十年前
跟母亲去乡下
探望一位"五保户"
她长得真像外婆
我送上一袋米

离别走了十几步
背后传来老奶奶的声音
"阿忠万岁"

卓仓果羌

孩　子

红扑扑小手
一直抚摸着
货架上的
鸟窝里
用崖柏雕的
两只小鸟
和一颗鸟蛋
他摸着摸着
把那颗鸟蛋
迅速揣进了
裤兜里
我欲上前喝止
把那颗蛋
从他的裤兜里
掏出来
但他的大眼睛
忽闪忽闪
直勾勾望着我

充满了恐惧

甚至一度

有泪花

将涌出

我终于忍住了

装得什么也没发生

他的母亲

领着他离开时

向我道谢

并声明

所有钱都已付清

张翼

英　雄

哥哥和程方伟去钓鱼
我哭着要去
遇到水坑坑
或有坎坎的地方
程方伟就会背我一截
或是拉我一把
昨天听到爸妈在说
他牺牲了
可我还从来没有
叫过他哥哥呀

张小白

好消息

给妻子做手术的大夫
今天心情大好
精力充沛。我看着
她有些肥胖的身体
从楼梯上窜上去
嘴里一边说着
"做手术去喽"。一边
双手啪的一声
击亮了楼梯间的声控

赵小北

我记得奶奶的寿衣是一件旗袍

挨了一上午批斗,被抬回来,奶奶已经不行了
穿寿衣时,已经硬了
我妈拉着她的手,在她耳边悄悄问
想不想,漂漂亮亮地走
真怪,我妈刚说完
她的胳膊腿儿
就软了下来

周瑟瑟

玉　米

墨西哥奇瓦瓦郊外的玉米
哗啦啦摆动
我靠近金黄的叶子
闻到了泥土和阳光
混搭的北美味道
一个农场主站在风中
向我招手
这里是美国人的后花园
他们没事就来这里走走
吃肥肉一样的大玉米
白色的玉米粒咬在嘴里
发出清脆的嘎嘣声
玉米的骨头
墨西哥的肥肉

张文康

偷骨灰

父亲火化后出来
我曾趁叔叔、哥哥们不注意
偷偷拿出一块骨头

我把它揣在口袋里
轻轻握着
它其实没什么特别
像任何一块我们在餐桌上
啃食过的骨头
只是没了肉味
只是更轻

张心馨

小学警卫

年近花甲的警卫
拿电棍
挠后背

张一兵

称　呼

当身边
越来越多的人
喊我老张
我的心里是排斥的
有时选择性耳聋
这和刚参加工作
不喜欢听到
喊我小张
这种感受似乎相同
又有所不同

理论部分

徐江

诗歌的敌人

一个幽灵,现代口语诗歌的幽灵,在华夏大地徘徊。

甚至,不仅仅是华夏大地,在东亚、东南亚、北美及欧洲在遥远的阿非利加,在南美的安第斯山脚下,在所有汉语口语诗人——准确说,是汉语后口语诗人——在他们的文字和躯体行走、留下印迹的每一块土地上,人们都能感受到今天的汉语后口语诗歌,不同于古代诗歌,也不同于过往一百年间所有诗歌的气象。

一个焕然一新而又似曾相识、睽违已久的诗歌大陆,在勃然兴起。

它貌似与网络的兴起同步,貌似与流媒体的爆炸一起抵达鼎盛,貌似在微博与微信的时代,经受诋毁和妒忌的洗礼,而它真正的展露峥嵘,其实经历了将近四十年时光的沉淀与淘洗。与当代中国震惊世界的改革进程同步,并把汉语诗歌从过往一千余年的载道传承、才艺传统、书斋趣味和工具属性中彻底解脱出来,真正成为一门独立、自尊,言为心声、言之有物、兼具体感和理性的当代语言艺术，与唐诗的璀璨相辉映，且远承了上起孔子编订的《诗经》，下至汉魏六朝乐府所包含的素朴精神与人间气韵，悲欣间杂、顾盼自雄。

一个国度、一种语言，积存的历史越漫长，后起艺术所面临的考验和挑战就越艰巨，它们会不停地遭受来自经验主义、保守意识以及过往时代文明遗存惯性的质疑与反抗。这里面，既有惧怕艺术新起后所引发的美学洗牌、标准改变，也有源自人类精神深处惰性的拉拽。人们总是把艺术革新机械而紧张地理解为封建年月王朝的换代，而未能参透艺术史从来只认开创、漠视守成的规律。即便是一位名垂后世的艺术风格集大成者，他／她之所以能从其承继的上代艺术风潮中脱颖而出，占据承上启下的位置，起决定作用的也必然是他／她对所属美学的符合时代的天才性修正与重新阐释。

伟大的文学艺术，尤其是诗歌艺术，作者所扮演的角色一定是发现者、发掘者、擦亮者、重新点亮者，许多时候甚至是身兼这几种角色为一体，而不仅仅是一个教条复读机。李白式的人才在李白之后出现，他只能是苏轼，而不是各个历史时期的"小李白"。"小某某"或者说"某某传人"，即便表现再出色，从原创的角度上细究，也都含了赝品的指数。如果不能明白这一点，仅凭热爱，和对过往经典传统的偏执，进而再掺入一些类似哲学、宗教乃至流行文艺的野狐禅式理解，每个人都有太大的概率，成为自己所处时代新起艺术美学与卓越经典的敌人。

自2018年9月下旬开始发生至2018年11月初渐趋回落，但余波长达一年的对汉语口语现代诗的诋毁、谩骂与围攻策划，堪称是对上述结论的一个绝好注解。它也为今天现代诗的读者、作者，深入理解、思考时代大背景下,当代汉语诗歌的最令人瞩目的成就,深入剖析当代诗歌所面临的生存环境,提供了一个直观的活体标本。

"群傻"大闹网莱坞

作为全球最自由的媒体、发言平台,互联网自登陆中国以来,一直带有着强烈的狂欢属性。短短的二十年,不同的人,在不同的平台,尽情演绎着不同的人性、趣味与偏执。把互联网比作近二十年来"人性的好莱坞",并不为过。所有围绕着诗歌发生的网络热闹,也不过是"网莱坞"上众多表演里极小的一部分。只不过,因为它们涉及诗歌——这一文学王冠上的明珠,才引起相关、不相关人们的瞩目。

多数时候,毛病还是社会人的毛病,但它混入了诗歌话题,不明就里的人,加上"别有用心的放大者"(需要注意的是,该类人作为不甘寂寞的美学上的落伍者,正伴随着"现代诗"与"新诗"的裂变,以及现代诗自身的跨越式成长,伴随着自媒体操作的便捷化,数量在逐步增多),会把它们视为"诗歌存在的问题"。其实,那仅仅是"试图混迹诗歌的人""错爱诗歌的人"本身的问题,与他们发难诋毁的诗歌作品、诗歌美学,没有半毛钱的关系。

2018年9月25日,"中国诗歌流派网"旗下的电子周刊《诗歌周刊》,以《曹谁炮轰伊沙:中国新诗99%是垃圾,伊沙是垃圾中的垃圾》为题,刊发了对该刊副主编曹谁的一篇"访谈",揭开了上面提到的最近这一波攻击后口语现代诗的序幕。

在访谈里,曹谁的态度坚决,但思维混乱,对许多基本的常识都处于一知半解,发言带有明显的武断和急吼吼的状态:

"我说中国新诗99%都是垃圾,味同嚼蜡,毫无创新,我对中国新诗非常失望,现在诗人的数量比读者还多……伊沙为代表的口水诗,我觉得是垃圾中的垃圾,他早年写对黄河小便成名,最近看他推荐一首诗《与领导一起尿尿》,整天关注屎尿屁的事……"

"伊沙最初的《车过黄河》还算是有后现代诗的开创意义,可是后来的诗却沦落成了口水诗、打油诗,他每天在朋友圈发扫射系列,味同嚼蜡、毫无新意、令人作呕。前几天我一直在开'青创会',今天发现他在微博中贴出我的《秋风中的苹果园》批判,所以我就截图发到朋友圈,许多诗人都留言批判伊沙,认为在中国诗坛应该革除这种口水诗的弊病,掀起诗学革新。"

"独白派就是口语诗,最早的代表是于坚……至于意象派,主要指受台湾余光中等影响的诗派,台湾的诗人很大程度上继承了传统汉语美学,可是又陷入其中无法自拔,所以汉语现代诗歌运动的中心已经转移到中国大陆,这一派可说是夜郎自大派。"

"伊沙可以说有三宗罪:一是诗歌极差,他所标榜的后现代主义一味在破坏,却没有建设,所以他的诗味同嚼蜡,毫无诗意,更别谈美感;二是人品差,我以前在微博跟他对骂过,他像中国诗坛的碰瓷头目,四处骂人,他骂过许多诗人,好像乡下的痞子,用语下流,难以卒读,很难想象他是一个大学教授;三是诗坛的流氓头目,他对其他流派全都是党同伐异地骂,对本流派的,稍微反对他的,就群起攻之,反目成仇,这跟现代的民主精神也是相悖的,很难想象这样的人能写出好的现代诗,因此有不少诗人脱离口语诗阵营。我也号召诗坛的青年诗人们能够走出口水诗的恶劣影响。"

这些言论,发言者的思路大致可以归纳为以下几点。

1. 中国新诗99%都是垃圾,因为毫无创新。
(徐江评:"毫无创新"就等于"都是垃圾"吗?无论是"青创会",还是鲁迅文学院,估计都不会认同这种哗众取宠的说法吧。)

2. "我"对中国新诗非常失望,因为现在诗人的数量比读者还多。
(徐江评:既然已经"99%都是垃圾",读者少一点,不是贻害范围更小吗?应该大喜、雀跃才对。)

3. 独白派就是口语诗。口水诗也是口语诗,伊沙为代表的口水诗,是垃圾中的垃圾。
(徐江评:谁告诉你的?先来说清几个概念——"独白派":小曹硬造的用词。汉语当代诗歌以及诗歌理论中从来没有过这个诗歌流派和名词的存在。

"口语诗":全称应该为"口语现代诗"或"口语平台上的现代诗"。"口语诗"按美学征候,分为"前口语诗""后口语诗"两大类,细分下去,种类还有更多,每一种写作的美学侧重点均有所不同。

"口水诗"：这个词的结构源自20世纪90年代港台流行乐评里的"口水歌"，原是指无原创能力的歌手翻唱别人的成名曲。从20世纪初的"诗江湖"论坛年代起，"口水""口水诗"被徐江、伊沙、沈浩波等人在诗歌批评中，用来借指新诗和现代诗中那些言之无物、语言啰嗦的"诗歌低仿作品"。发明权在后口语诗人手里，而不是现代诗之外的新诗作者手里。）

4. 内地的意象诗，是受中国台湾的余光中等人影响的诗派。

（徐江评：这样没知识没文化、欠缺当代文学史基本常识的话，活着的北岛，已故的顾城，连"九叶派"的袁可嘉先生泉下有知，都不会答应。）

5. "我"在抖音批判了伊沙，伊沙在微博里还击批判了"我"，"我"把伊文截图发到微信朋友圈，许多和"我"互相关注的人都觉得伊沙不像话，他不应该回骂。既然他回骂，那么该管管了，索性对他进行革命。

（徐江评：混混儿逻辑，智商低于哈士奇。）

6. 伊沙早先写得不错，后来光写口水诗了。《新世纪诗典》还推荐了北京诗人刘傲夫的诗《与领导一起尿尿》，他整天关注屎尿屁。

（徐江评：对前一个观点可以回答——伊沙是当代言语最精纯的极少数几位作者之一，是口水新诗的最大也是最恨的敌人；对后一观点的回答则是——除非小曹真是一只马桶，该话才具备实际意义。）

7. 我们的时代缺少精英史诗大诗，反而是热捧什么底层草根打工现象……我不是说底层草根打工诗人的作品不好，而是说没有真正能够反映中华民族的精神所在的作品，他们避重就轻，不敢面对民族的精神，只是关注零碎的东西……

（徐江评：关注底层草根打工诗人，从来不是避重就轻。汉语诗歌从来有"关注底层"的传统，无论是《诗经》《古诗十九首》还是到唐诗以降的中古以来的诗歌传统，都产生了这方面的不朽杰作。《新世纪诗典》里也收录了不少这方面的当代杰作。"史诗"本来是个民间文学概念，与今天大家看到的诗歌没什么关系。史诗的记录版本，顶多属于古代韵文体裁，主要是用来讲述民间传说或歌颂远古英雄功绩的长篇韵文。比如古希腊史诗和古印度史诗等。汉语里没这个传统，这方面的功能是通过《三国志通俗演义》《水浒传》《说岳全传》《封神演义》《杨家府演义》等历史演义小说以及戏曲、评书、大鼓书、长篇快板书等曲艺来实现。"大诗"的概念空洞，何为大？是长度还是题材？论长度，在近年即有伊沙的《唐》《蓝灯》《铀》、我的《杂事诗》《布鲁塞尔挽歌》《看球纪》、侯马的《他手记》《访欧手记》、沈浩波的《蝴蝶》、马非的《青海湖传》等作品；论有分量的短诗，伊沙的《鸽子》《越南的忧郁》算不算，我的《雾》《柯索》《想象》算不算，沈浩波的《玛丽的爱情》、朱剑的《南京大屠杀》算不算？对于文学的创作者而言，没有一个题材是"零碎的东西"。有质量的作者，每一笔都力图伸向人生、世界和民族的隐秘深处。不是像个村里的败家子儿，挑三拣四、强行分什么上与下。）

……

如上，能看出曹谁在访谈里，用来指责口语现代诗和伊沙本人的观点，多处都颇为无知，许多地方连当代汉语诗歌近三十年发展的常识都不具备。其主要的目的，无非有二：一是借此吸引眼球，二是借机炒作他业已提出了11年，却在新诗圈子（更不要说现代诗）毫无反响的"大诗主义"。问题是，曹的作品过于假大空（如大家在网上所看到的），他对自己所提的那个"大诗主义"，阐释起来同样空洞：

"当下汉语诗坛诸流派都各执一词，我们所应当做的是关照诗歌万世一系精神，我们真正需要的是融化古今、合璧中西、和合天人，成就一种大诗学。在中国传统文化中'大'就是'道'或大音希声、大象无形。(《道德经》：有物混成，先天地生。寂兮寥兮，独立而不盖，周行而不殆，可以为天地母。吾不知其名，强字之曰道，强为之名曰'大'。) 如海子所说：'我的诗歌理想是在中国成就一种伟大的集体的诗，……我只想融合中国的行动成就一种民族和人类结合，诗和理想结合的大诗。'我和西原都是从内地来到青藏高原的，我们在这里感觉到那种不可言说的'大'，就如从内地来到这里的昌耀所说：'我是一个大诗歌观的主张者与实行者……诗美随物赋形不可伪造。'我们的世界由一种巨大的宇宙精神贯穿其中，这种精神跟我们的内心息息相关，我们要在内心发现那个伟大的秩序或道，我们由此才能理解这个世界，这就是诗中的内容之'大'。这种宇宙精神会随物赋形，其外在形态即元素，元素表现为形象即意象，这个意象系统是跟宇宙本质精神相对应，这就是诗的意象之'大'。我们要用语言去描述那个形象，从字到行到节，从文字到修辞到文本，从言到象到意，我们要做的就是将那种宇宙精神用唯一的语言文本表现出来，这就是技术之'大'。大诗主义的特征就是，意或内容的通灵性或神圣性，元素或象的系统性或代表性，文本或言的契合性或融合性。这样大诗主义就是，从宇宙精神（意）到元素（象）再到语言（言）的具体而微的象征化过程，当然，这个过程是在内心一瞬间完成的，最终诗歌文本会通过元素昭示那个宇宙精神。"

完全地不知所云，关键时刻还要拖出海子和昌耀的话来救场。凸现出的却是一个新诗作者心智上的困惑与急切。在搜狗百科上标注为"中国'80后'代表作家"的曹谁可能忘了，没有一个写作者，是能够靠急切写就的假大空文字，成长为"代表作家"的。更何况，还是站在已成岁月灰烬的新诗美学的地基上，诋毁"后口语"这一汉语诗歌最前沿的成果。

2018年9月27日，还是《诗歌周刊》，继续以访谈的形式，推出了题为《阿斐评伊沙：一个字：丑》的"80后"作者阿斐的发言，目标还是指向伊沙和后口语诗歌。与曹谁想靠生造的理念进入诗坛不同，阿斐是"诗江湖"论坛时代，较早在论坛上贴诗的"80后"作者，也因此曾被伊沙鼓励性地称作"'80后'第一诗人"，显然，这也成为多年后阿斐在同年龄段作者前自负的一个理由。

每个作者的创作，都有其自然生长的规律。低谷和高峰总是错落着出现。从来没有某个人会时刻高踞于峰巅，过去中国的古人爱讲"文无第一"，说的就是这个道理。与此同时，话里还暗含了激励文人们要谦虚、低调，不要止步不前的寓意。这种表述和"五四"以来逐渐进入中文世界的欧美式现代表述不一样。欧美人谈文艺,动辄"伟大""第一",这些词在中文里会被视作评价中的"最高级",但在外语原词中的意思,却不是最高级,而更贴近我们日常说的"了不起""独具特色"这样的表述。

但年轻人显然更容易被前辈的鼓励所鼓舞,也容易出于一种浪漫式的自信,把他人的期许当作现实来理解。"'80后'第一诗人"的称谓,给阿斐带来了自豪,也带来了过重的包袱,而伴随着同龄作者的不断崛起,伴随着《新世纪诗典》这项庞大的先锋诗歌精选工程的展开与推进,及其衍生的各个年龄段作者的"实力榜""排行榜"名录的出现,排名的威胁感显然成了他的困扰。

阿斐是这一波对伊沙及后口语诗发难者中最勤奋的人之一,先后发布的文字有十篇左右。他认为自己是在进行一次"正邪之战",其主要论点如下:

"自由诗学!生活之诗!让诗歌重新拥有自由书写生活的能力。消除那些戾气,那些莫名其妙的独裁者或帝王气以及流氓气。"(《阿斐评伊沙:一个字:丑》,《诗歌周刊》2018年9月27日)

"我针对的对象不是伊沙,而是伊沙及其周围一些诗人所代表的中国诗歌的恶与丑。""而诗歌,与人心是相连的,既与写诗者相连,也与读诗者相连。当写诗者把自己莫名其妙的戾气灌输到字里行间,用所谓的诗对人进行恶毒的谩骂和攻击,用所谓的诗挑战人性的底线,并美其名曰'先锋'时⋯⋯"(《中国诗歌的"恶"与"丑"》,《严肃悦读》2018年10月9日)

"诗歌的真,不在外面,而在里面。所谓外面,就是诗人所认为的生活，诗人所推崇的理论，诗人所站的立场，诸如此类；所谓里面，就是诗人此刻、当下所处的境遇、生命状态、精神趋向、情感走势等——诗歌的真不在前者，而在后者。

"以前者来衡量诗歌的真，浅薄而容易生出暴戾，它物化了诗歌与写诗的行为，让诗歌成为九鼎、职位、头衔、商品之类的利益携带物，让写诗变成争权夺利、占山为王之类的江湖厚黑术。因为有这种认知的人，必然会排斥他的认为，自己眼里所看到的生活，自己所琢磨出的理论，自己坚定的所谓立场，才是真实的，才是正确的，并不惜一切口水（包括谩骂、污蔑等）贬低异己。你们？No、No、No，都是等而下之的，都是假大空的，都是敌人。伊沙及其周围的诗人们，就是如此写、如此想、如此行的。"（《阿斐：什么是诗歌的真？》，《严肃悦读》2018年10月13日）

"我依然坚持，我要批判的并不是一个人及一群人，而是他们所代表的中国诗歌的现状一种：这些年来，中国诗歌越来越往'邪路'上走，越走越偏，乃至于成为多少人跟随的一种潮流。诗的背后是人心，人心才是诗歌'走邪'的根本所在。

"我对朋友说，这不是常规概念里的简单的争鸣，某种意义上，这是'正邪之战'。"（《阿斐：这是一场诗歌界的"正邪之战"》，《严肃悦读》2018年10月18日）

"那些以诗歌谋取现实利益，以诗歌满足名欲与掌控欲的人，我认为，就是属于'坏人'之列，是恶与丑的。

"我知道，诗歌中的向善者，其所积蓄的力量，远大于那些咿咿呀呀的大嗓门。后者外强中干、色厉内荏，前者外柔内刚、表里如一；后者以利聚、以利散，前者有情、有义、有所为、有所不为。"（《诗歌，向善的力量》，《艺合园》2018年10月）"

当然，上述这些只是阿斐为了证明自己言论具有道义感的部分。在这部分中，"伊沙及其周围一些诗人"显然成为"恶""丑""暴戾""争权夺利"的代表者，而既然对方已成负能量代表，自己起来奋而批判，撇开作品大谈"道德"，自然也就拥有充分的正义高度。如果读到这些文字的人仅仅是置身于笔仗之外，且对当代先锋诗的发展轨迹有隔膜的普通新诗爱好者，在不明背景的前提下，肯定会认同阿斐这些"正能量"的发言。诗歌当然是要"向善"、反对"恶"的事物嘛，诗人当然要精神独立、不能走"邪路"嘛。

为了强化自己发言所站立的道德高地，阿斐甚至在《跟伊沙们说说我的过去和现状》（新浪微博·曹谁微博"曹伊之争"2018年11月24日转载）讲述了自己一个感人的故事，一个出轨者"浪子回家"的故事：年少轻狂，错解浪漫，后来幡然悔悟，重新回到妻子和孩子身边，从此做一个好丈夫、好父亲，一个勤勤恳恳、辛劳的打工中年，重新反省年轻时走过的写作弯路，然后成为今天的诗歌江湖中的"正义斗士"。

但是——当阅读者几乎被这一番陈述打动的时刻，我们不妨回到被阿斐略去或改写的以下前提：

1.阿斐所指的"恶""丑"的代言人伊沙，是他最早、最重要的两个伯乐之一（另一个是他同样用文字批驳过的沈浩波）。"'80后'第一诗人"这个称谓出自伊沙之后，日后极个别人提到阿斐的这个称号,不过是在重复(有时甚至不过是调侃)伊沙的这个命名。阿斐在批驳伊沙,同时对自己早年表示反省的同时,并没有否定掉"'80后'第一诗人"这个谬赞,显然将其有选择地留用了。否则,他便不会在微信里,对比他著名得多的"80后"诗人、作家春树动用"过气"一词予以攻击。

2. 在一再重申"诗歌是向善的力量"时,阿斐对其批判的诗人,却无批评者和理念商榷的善意:

"对于伊沙,我跟大家分享一下我的看法,是与某个朋友聊天时讲到的:伊沙本人根本就不是一个适合写诗的人,没有才华也没有灵气。他选择写诗,仅仅是把诗歌当作成功学笼罩之下的事业来对待。他希望获得的是成功感,名声与关注度,而不是写好诗。"(《这是一场诗歌界的"正邪之战"》)

"他们是本来就不适合写诗,却一定要往诗人堆里钻的诗人,诗歌成了他们的收容站,而伊沙,是站长,他开了一个收容站,所以,站里被收容的诗人特别服他。否则,没有这个收容站,就没有这些诗人们的立足之地……写'事实'就等于写诗,真TM牛逼啊!原来我真的是诗人。伊沙周围的诗人们,就是这样。一堆破铜烂铁,充斥在收容站内。"(《不咬人的口语诗》,《"刻心录"百家号》2018年10月2日)

"我说的是伊沙、浩波们。借一个诗人朋友的话来说:'连写诗都要抱团,然后集体意淫思乐,群起疯咬异己,这是伊沙及其'门徒'带来的最大的恶。这种恶是反人性反诗歌的,是中国社会充斥小聪明、机会主义的另一投射,非常腐朽。最恐怖的是以诗歌的名义，这种恶更被理解为理所当然。'"《我为什么说他们是破铜烂铁？兼及浩波》，《"刻心录"百家号》2018年10月3日）

除掉情绪激烈的对个人攻击性的言辞，一部殚精竭虑编选已超过七年、出了煌煌七卷的《新世纪诗典》，被阿斐很不负责任地说成是"收容站"，诗人同行（不管彼此是否承认，在普通读者眼里依然是。）不但"本来就不适合写诗"，而且是"废铜烂铁"。而同行们对他的攻击一旦进行了反击，就成了"最大的恶""是反人性反诗歌的"。

3. 早在声称"让写诗变成争权夺利、占山为王之类的江湖厚黑术"，声称"尊崇于真实的生命、可感的灵魂"之前的两年（也可能更早），阿斐就一直在致力于宣扬一个所谓的"'80后'诗歌运动"。这个所谓的"'80后'诗歌运动"，据阿斐文章所写，是由他的好朋友丁成（就是当年在佛山"赶路"诗会的酒桌上对伊沙挑衅，被一脚踢飞，脸上转天还留着个大脚印子的人），"以及许多如丁成一般热血的'80后'诗人朋友们，共同推动的"，盛赞其是"文学史上重要的诗歌运动"，并曾在一次会议上向参会的同龄作者鼓动地说："如果我是一头猪/命运会赏赐我一个猪圈吗"（《自由！诗人阿斐谈"80后"诗歌——阿斐在2016南方年代诗歌峰会上的发言》，"刻心录百家号2017年6月19日"）其热衷于"运动"之心是明摆着的。一个有志于在文坛掀起"运动"、文本又从来未见其出色的作者，其创作和行为真的能像其所说的"回归到'个人化'的良性轨道上"吗？真能如其自己所愿,不"厚"不"黑",成为诗歌界"善"的发生者吗？

阿斐发言动机的可疑，姑且不论。还有最关键的一点就是：当涉及诗歌争吵的文字（没错，是争吵，不是争论，因为美学含量和理论含量都双重不够），脱离开文本，笼罩在一片负能量的怨气和对个人的指责乃至诋毁时，再漂亮的高调都显得没有意义了。留下的，仅仅是实际意义上的攻击。一个"善"人为什么会出口不逊，举着一堆大帽子去，攻击另一个人？仅仅是价值观不同吗？别逗了。

再有，无论从诗歌的角度还是社会学角度，谁——敢自称是"善"的使者？宗教角度吗？还真以为回到"义和神团"的年代了！

马知遥出场了，还是《诗歌周刊》，与曹谁、阿斐以"对话"作为首度出场的方式不同，他是以一篇题为《流氓和垃圾诗人可以休矣》的文章加入发难一方的。

"'目前是中国诗歌最黑暗的时间，面对一个个小丑和戏子以诗歌的名义表演，我以为是要写点文字了。'这是我在2010年1月的一篇文章中写下的文字，没想到8年过去了，那些以痞子流氓姿态夺人眼目的把戏还在上演，还在不断污染读者的阅读胃口，还在以培养和挖掘下一代的方式传播着他们流氓习气十足的诗歌。口语诗是现代诗歌的代表形式，但并不是所有的口语诗歌都是有营养的。把口语诗当成自己的个人财物，别人说不得，不能批评不能说'不'，这是当前伊沙之流的做派。动辄对提出批评的人视为异己，恶语相向也是他们的常态。而且正如曹谁所评论的，大量的垃圾诗歌不断涌现还要强迫大家说好，建立自己所为的小山头，自认我老子天下第一的霸权思想已经让他们堕落为现代诗歌的敌人，是该到清算的时刻了。"

"最为恶劣的影响就是：诗人之间将网络当作了社交场合，大家互相吹捧、表扬，争先做'著名诗人'，然后将那些拙劣的诗作借助网络广为流布；再就是占山头，自立为王，到处兜售已经过时的所谓'主义''道路'，或者将一个写作的概念故意弄成对立的两极，或者从奇门歪道出发，什么'垃圾派''荒诞派''下半身写作'，整个诗写的空间被喧嚣成一片混乱的垃圾场。"

"流氓和垃圾诗人的诗歌的特点就是：以粗俗和肮脏为美。以直逼地摊为己任。他们的作品插科打诨任意调笑还算是干净的，更多的直接是下半身的冲动和快乐，甚至是难易急转弯的素材改写，完全看不到文学性和创造性。其实文学史的发展从来存在着保守和前卫的对峙，存在着雅俗文化之争。而将一个简单的必然的现象上升到主义，上升到一些新名词新术语，是这个浮躁时代，垃圾和流氓诗人最容易操办的事情。"

……

考虑到伴随着当代中国经济、文化所正经历的跨越式发展，汉语诗歌在"现代诗""新诗"这两种"新的——现场的""旧的——历史遗迹的"的美学、传统、谱系面前，所日益加剧的巨大鸿沟，马知遥上述的这些见解，更像是一个脱离当代诗歌现场已久的人，在情绪和急切发言的欲望催动下，所发出的乱音。它们离文本远，而离社会人对现代诗歌的无知更近一些。

马的这篇文章，比曹、阿的文字更加凸显了道德审判意味，却又跟他之前的言行显得更加矛盾，也因而显得更加无力，甚至陈词滥调：

1. 马文把"伊沙之流的做派"统辖在文章主题之下，但无论是从具体的作品，还是日常的行为，作为诗人、诗歌批评家和编选家的伊沙似乎与"流氓""垃圾"根本搭不上什么关系。对伊沙的具体指控无非是"别人说不得，不能批评"。但这好像和文章标题也没什么关系。在网络时代，世俗中的人与诗人交恶，通常都爱用选举工会主席或行业协会秘书长的标准，作为"批评"对方的尺子。但他们恰恰忘了，诗人在自己的创作活动中，首先需要服从的是自己的美学准则，它跟单位员工和社区居民守则不是一个层面上的话题，谁如果忘记这点，在业内发言的意义，便会陷入自我清零的地步。

2. 马文点名批评伊沙，且以自己2010年的文字，作为自己阐发"批判性理念"的开头，但稍微熟悉《新世纪诗典》和马知遥本人的人都清楚，截至2017年夏天"新世纪诗典天津滨海诗会"召开前，马知遥一直是诗典的投稿者，说自己和伊沙是老朋友，也一直支持他所任教的天津大学的学生给该选本投稿（其中，马知遥的研究生娄湘旖、天津大学文学社的冬目都先后入选了《新世纪诗典》，与马知遥本人一样，成了《新世纪诗典》的作者）。他还从网上购买了数册《新世纪诗典》准备送给朋友和学生。

3. 马知遥在文章里没有任何区分地把"下半身诗歌"和垃圾诗歌混为一谈，进行大骂，但在2017年他却给"下半身诗歌"的创始人沈浩波写过近两万字的长篇评论，表现出了真诚的激赏。同样，当马知遥把"荒诞派"作为"奇门歪道"，大说道德空话的时候，我可以打赌：他肯定没有认真研读过"荒诞派诗歌"创始人祁国的优秀作品。

4.马文里反复提到"情感"与"感动"，想以此作为批判后口语诗和《新世纪诗典》的"利器"。但马知遥显然都不知道"后口语诗"与"前口语诗"的区别在什么地方？

也显然更没有用心去阅读包括有他自己作品在内的《新世纪诗典》里有多少感动、甚至震动读者的作品。马文是在预设"对手们"作品的罪名，然后一厢情愿挥舞"感动"的大棒，悲壮地对着空气胡抡一气，再自行宣布得胜。

……

一个根本不愿意让自己的文本进入现代诗现场的作者（这一点很重要），带着私人的怨气，强行对自己不了解（不愿意花时间去学习和深入研究）的后口语诗歌发言——发牢骚和诋毁之言，用的还是40年前，《诗刊》或各类"争鸣"刊物、栏目上围剿朦胧诗的那些腔调！

马知遥一直挂在嘴上强调的"感动写作"理论，就算是放回到20世纪40年代，恐怕也不会有多少人表示认同。"诗歌的感动和情感不是煽情不是矫情，不是为了感动而故意制造"，这样貌似正确的空话在课堂上对凑学分的学生说说还可以，一旦放到诗歌的现场来谈，最好还是对着具体的文本，一句一句去读解，否则必定破绽百出。

严肃的学者，批评一个作者、一种美学、一类现象，要求批评者具有足够先进的美学视角和智慧高度的，不能站在即便是在新诗阵营里也显得腐朽和狭隘的角度,更不能发泄私怨。

总是在说一些看起来冠冕堂皇的废话,却不可避免地成为平庸攻击先锋的帮闲。马知遥的发言说明了其诗歌理念的内质——属于新诗中最陈腐的那一部分,这样的立足点,无论是面向现代诗、后口语诗,还是整个当代诗歌,都注定了发言的空洞、滑稽和无效。

网络时代,每一波对现代诗美学发方起口水式攻击的发言者,似乎都不愿意承认自己是"造反派附体"。但这些发言却都不约而同,都绕开了具体的诗、想象力、语言技巧、题材和景深,流于扣帽子、诋毁乃至于谩骂。

伊沙和后口语诗所面临的指责,也同样可归入上述情形,甚至情况是最恶劣的。它们不是立足于对具体的作品或《新世纪诗典》选诗的美学指标(多数谩骂均系因为自己作品不能入选,或入选诗作较少而发生),而是选择了动用道德语汇,对伊沙、《新世纪诗典》和后口语诗乃至所有的现代诗,进行强行指责。

大家不妨从以下文章和发言题目中看看"中国诗歌流派网"《诗歌周刊》以及曹谁、阿斐、马知遥们的支持者们,都是一个怎样的发言水平。

《谁能帮伊沙指条出路》(行顺)

《骂人也要分分行,才能显得自己有文化致伊沙及其徒子徒孙》(行顺)

《这次反伊和以往反伊的区别》(行顺)

《是病就得治》(行顺)

《砸烂垃圾诗的金钟罩》(凝望)

《把"口语"当诗学,是欺世盗名》(凝望)

《呼吁诗坛避开伊沙》(凝望)

《看婆姨为伊沙护院》(凝望)

《看妇吕主任变口语师爷》(凝望)

《伊沙是对新诗名声的持续败坏》(大鹏瞰海)

《从"伊沙现象"看当下的国民精神困境》(冯青春)

《口语诗的红孩儿们回头是岸》

《伊沙,你就别再帖"受害人"的商标了》

《请交出你的权杖——伊莎现象的深度分析》(洪亮)

《伊曹之争之龙吟随想录之一:清算口水诗的恶劣影响》(龙吟)

《"反伊战争第七炮"伊沙:狗日的骂战体病毒携带者,传染余秀华!》(鹰子)

《伐伊(伊沙)檄文》(浪子燕青)

《诗坛的骑墙派机会主义者——吕妇女主任的面纱》(凝望)

《韩敬源在推销伊沙的"转基因"诗歌》(洪亮)

《文痞伊沙你别拿口语诗给口水诗当挡箭牌了!》(浪子燕青)

《玫瑰鸡巴之战——旁观者眼里的曹伊之争》(黄靠)

《曹伊之争之龙吟随想录之十:毫不隐讳的中国头号文化汉奸伊沙的自供状——评伊沙<反伊大战文>》(龙吟)

《伊莎(伊沙)"马眼体"诗歌的泛滥,是一种精神上的投毒行为》(洪亮)

《撕掉伊莎(伊沙)"诗歌"的外衣》(洪亮)

《"反伊战争第九炮"论持久战暨自评＜鹰子反伊沙战斗檄文＞》(鹰子)

《"反伊战争第十三炮"诗坛硕鼠遇谁咬谁，我的捕鼠器该换大号了！——鹰子评龙吟的文章＜伊沙对阿斐的打压说明了什么＞》

《"反伊战争第十七炮"99%？99.9%？伊沙配得上这垃圾比例！——鹰子评曹谁"11·8"炮轰事件》(鹰子)

《中国全体诗人团结起来打倒诗霸伊沙》(北陕)

《"反伊战争第十四炮"半头白发，皱纹满面，伊沙何以再猖獗？——鹰子评小月亮的文章＜伊沙时代已经结束了＞》(鹰子)

《曹伊之争之龙吟随想录之八：对大杂种大汉奸伊沙，〈车过黄河〉系列的剖析》

《谯达摩的十段话，全是骗子的自言自语的笑》(龙吟)

《伊沙，利令智昏的典型——深度剖析诗歌霸权伊沙》(小月亮)

《戏说伊沙几个段子》(北陕)

《落水狗不宜打。但落水狗变成了疯狗并滥咬无辜，应该打》(《诗歌周刊》)

《伊莎，我已经看到你的骨子里》(钟馗＜洪亮＞)

《诗人伊莎与母狗》(吕智烨)

……

我们还需要继续再引用这些躁动的、怨毒的、带了仇视社会意味的标题吗？

这就是曹谁声称的——

"许多诗人都留言批判伊沙，认为在中国诗坛应该革除这种口水诗的弊病，掀起诗学革新"？是谁在口水？

这就是阿斐声称的——

"每一个与伊沙等人曾有过争论的人，都一定听到过，源自伊沙所代表的这样一个诗歌群体的歇斯底里。像穷凶极恶的村霸，面对弱势的村民"？"村霸"是谁？"村民"又是谁？

而这是马知遥教授声称的——

"'目前是中国诗歌最黑暗的时间，面对一个个小丑和戏子以诗歌的名义表演，我以为是要写点文字了。'这是我在2010年1月的一篇文章中写下的文字，没想到8年过去了，那些以痞子流氓姿态夺人眼目的把戏还在上演，还在不断污染读者的阅读胃口，还在以培养和挖掘下一代的方式传播着他们流氓习气十足的诗歌。"

知遥啊，不对吧，我怎么感觉你那些话是在声讨你的"友军"！

今天有些年轻人，可能听起（或在影视里看起）"文革""大字报"这些东西，觉得是传说故事，现在，大家在网络上，在微博和微信上算是见到现场演出了。

这并不是一场具有诗学价值、哪怕仅仅是针对单篇文本的创作争鸣。它是现代诗美学落伍者、失意者、无知门外汉们合演的一出闹剧。

来自后口语文本的反击

先来读两首作品:

《1990年夏》
么西

1990年夏
我住在小镇
一到晚上
街道两旁的商店
挤满看电视的人
有时候停电
看电视的人们
从房子里走出来
在街道旁谈话
远处夜晚里是山峦和
布满星星的天空
月光有时候明亮
有时候暗淡
夜深的时候
从梦中醒来
还可以听见
房子外面
聚在一起的人们
谈话的声音

《汉族妈妈》

刘一君

博物馆里

那个扁脸的实习解说员

好像特意冲着我说

像我们这种

比较宽扁的脸型

都是比较明显的汉族特征

说完她望着我

停了两秒

我也愣了两秒　说

是　我想起了我们的

汉族妈妈

生我们的时候得多痛苦

她好像打了个寒噤

忘词儿了

这两首作品均选自题为"口语诗人为什么要战斗"的自发性微信诗歌展示活动。该活动的发起者为诗人艾蒿，参展者系自愿参加，初期（截至2018年12月）主动参加的作者已超过200人（且不仅仅限于后口语和前口语写作）。需要提请读者注意的是：即便是最早参展的这200位诗人，每人参展的作品，基本都在10首上下，总计已达到了2000首。

上面引用的这两首作品，正是在这2000首作品里，被我随机抽取的(不是精选),它们未必是两位作者最好的作品,但初读之下,已经足以令人无法忘怀。

《1990年夏》是一次对岁月和人生片段的淡淡回眸,没有撕心裂肺的背景故事或要死要活的情感祭奠(如果说那个时间段有什么值得大家守在电视机前,也就是当年在意大利举办的世界杯足球赛吧),却无处不浸泡着生活的原味,这种交织着暖意和淡淡惆怅的情境,给读者一种近似重看小津安二郎电影的体验,一种对"生活之真"的细细咀嚼。

《汉族妈妈》则是在博物馆和讲解员面前,一次孩子对母亲的爱的打捞,这种打捞随不经意的意识到来,却又那么地带了身体的触感和心疼,它并没有新诗里那种词语堆砌式的呼天抢地,却持久、深沉地拨动着每个人心中那根持久震颤的神经。

这两首的题材不同,写法也不同,但都有着后口语诗歌所标举的一个美学共性:"真"字当头,个体感知,在日常的情境中提取不同于以往诗歌的诗意,且文字富于口语节奏尤其是个人表达气息的传递。

两首诗的作者中,么西是在"诗江湖"论坛后期发布诗歌的作者,不算最活跃的作者,但一直保持着自己的发布节奏。如果按照出道时间论,应该比攻击后口语诗阿斐和曹谁,辈分都要高些。刘一君则是微信时段比较活跃的实力作者,曾在新世纪诗典和磨铁读诗会的诗会上现身。他们都不是口语诗发难者口中的"某某身边的诗人"(无论这个"某某"指的是伊沙还是我,抑或是沈浩波),与众多的后口语现代诗同行保持着君子之交，在网上以自己的节奏和大家进行着创作上的切磋。

他们显然不是曹谁、阿斐、马知遥、行顺、凝望们的第一发难对象，但当他们这样的后口语创作以及所背靠的后口语诗歌美学，被粗暴、武断、流氓地一勺烩为"口水诗"，我们可以想见这波对口语诗的漫骂和攻击，对当代诗歌的扭曲和对诗人们的伤害，达到了一个怎样的地步。

而像《1990年夏》《汉族妈妈》这样的诗作，已足以打脸所有向后口语诗泼脏水的语言暴力。

么西和刘一君们当然有资格为自己的作品、自己的美学，乃至为自己写作的自由而战斗。

大家再来读几首诗——

《那一年》
——献给母亲
蒋雪峰

那一年
母亲背着
不满周岁的我
沿着成昆铁路
往上走
那是个夜晚
她背着一团

牙牙学语的肉

不时让着

呼啸而过的火车

她粗大的辫子

又黑又亮

火车挟裹的风

只能吹动

她的刘海

生下我

她还不到十九岁

宝成铁路旁

她的丈夫

是一个小学校长

造反派扬言

要把他当夜斗死

十九岁的母亲

连夜背着我

沿着铁路

往学校赶

七十岁大寿时

黑发变白发

她第一次给我讲

那个夜晚

她说，她只想

要死，一家人死在一起

《无题》

王立君

观察室里

每张床都是白的

护士是白的

病人是黑的

一对情侣在说话

他们饿了

后来

一个送外卖的人走进来

是红色的

《别走我家的路》

阿文

这是儿时玩伴

在经过他家门前

阻拦我时

赌气说的一句话

拗不过他

只好偷偷地

走他家屋后的路

去年,他从未竣工的十一楼掉下

摔死了

几乎每晚都能梦见他

面对我

别走我家的路

梦中没有房屋

只好悄悄绕到

他的背后

道路泥泞

像被摔烂的身体

《梦》

蛮蛮

车窗外

田野里

一些人在埋葬

自己的身份证

  这四首依然是从参加诗展的作品中随机抽取的。来自李白故里的蒋雪峰（他是江油地区的文坛领袖之一）的《那一年》，写了艰难时代朴素的亲情，和普通中国人对"家"的理解；来自天津的会计师王立君的《无题》，从色彩的视角重新审视病房中的人，带着克制掩盖下的温情和温馨；作为中国当代最出色的工业诗人，阿文在《别走我家的路》里，以记梦的角度追忆了童年和对故友的思念；四个作者中最年轻的蛮蛮，则在电影镜头感十足的《梦》里，触碰到了"身份证对人类的限制与禁锢"这样一个极其严肃的主题。四首诗主题各异,表现手法各有不同,但核心却都指向了"善",现代人心中的善,以及现代诗对善的理解、诠释。

我不明白为什么新诗的作者和读者,一直把自己的趣味视为"善"的唯一代言(谁赋予的裁定和权力)?如果人们都能容忍把一些相关的说教和主流民歌般的唠叨作为诗歌中"善的代言",为什么不能容忍后口语诗歌的作者从个人的、切身的感受出发,去潜入岁月、想象、童年和梦幻,去拓展汉语诗歌对善的体察、读解?

与此相对应,后口语诗人们在保卫什么?他们在保卫汉语自改革开放以来,感知和挖掘生活的权利,以及想象与表达的丰富性——这在过去的一百年来,从来没有过!而现在,有人仅仅是因为看不惯、不喜欢他们表达的方式和内容,想对他们的创造和美学进行取缔,取缔的方式是进行丑化,通过网络大字报,扣上一堆狗屎!

睿智而宽厚的蒋雪峰有资格为自己诗里中华民族最本真的对善与爱的理解而战斗。

温和而严肃的王立君有资格为自己诗中那些温馨的色彩而对腐朽的趣味说不。

面对着当下的生存,不时进入沉思和冥想的阿文,有资格捍卫自己对生活和文学与众不同的理解。

蛮蛮有资格保卫她严肃的梦。

……

在对后口语诗歌的攻击和指责中,"不美"一直是一大罪名。有意思的是,所有的攻击者,基本都没写过一首能让人记住的与美有关的诗作。那么,看看后口语作者是怎么来写美的吧——

《我在锡林塔拉草原上看到的》
马非

一行南归雁
就是天空
这位少女
长裙上的拉链
正在为我
缓缓打开
我的眼神都直了

在《我在锡林塔拉草原上看到的》这首诗里,马非作为现代诗和后口语诗歌美学中的"鹰派"作者,为读者成功演示了怎样从当代人的视角,去体察和表现自然之美,展示人在美面前的战栗。归雁之美与少女之美,貌似"强行"嫁接,实则是借助了"人在激动时的心电峰值却是近似的"这一已被现代医学证明过的原理,来呈现人对美的感知强度。这是一首唐人、宋人都写不了,传统新诗也写不了,前口语与泛学院也抵达不了的诗意构建,而且也是同时代其他后口语作者也写不出的个性佳作。

《老歌》
李东泽

老婆哼了首我熟悉的歌

哄女儿睡觉

此前我也哼过

我七八岁时就常听

爸爸唱这首歌

老婆也从小

听她妈妈唱过

老人至今还会突然想起

给孙女唱唱

我想我们的女儿有了孩子

也该会唱吧

就像我们的爷爷奶奶

骨灰都没了

却仍站在某处

用我们的嗓子在唱

    温和、苦吟而执拗的李东泽，写了一首深情到骨子里的诗，从所有的诗开始写都有可能青睐的"老歌"这一题材起笔，载入一个个家人的歌声，由近而远，由身边而记忆岁月、灵魂……直到平时说起来会有点令读者受到惊吓的骨灰。歌声如此亲近、熟悉、绵长，带着体温，在悠悠时光里破空穿越，笼罩着诗中众人、写作者和读者。它是涵盖了亲情、思念、血脉的惊人大美，通过后口语诗人的诗笔，降临人间，足以笑傲过去一百年间新诗所有的煽情之作。

《葬礼》
冈居木

通往火葬场的德陵大道上
农民晾晒
新收割的麦子
为送葬的车辆铺上了
黄金地毯

火葬车道与麦场，收获与死亡。多么奇妙的组接！放到诗里却毫不违和，甚至让恐怖的死亡多出了那么一些田园味道，多出了一点温暖——每个生命离去时，逝者和亲人都迫切需要的温度。但它又不是一首单纯的悼亡诗、安慰诗，它是一首更单纯的即景，是现代发掘诗意的方式，是后口语中"事实的诗意"的美学，赋予诗中情境、赋予了这首诗本身耀眼的华彩。美当然可以与死亡的元素并存，但不是传统抒情诗那种寻死觅活，它坚定地指向着生！

《动物园里被捆绑在铁丝网上强行开屏的孔雀》
王林燕

我没有惊世容颜
也没有漂亮衣裙
孔雀从未对我开屏示爱
今天，这只蓝孔雀

展开它美丽的尾羽

久久不肯放下

末日王子般高贵悲戚的眼神

穿过纷攘人群望向我

击中我，刺伤我

这是为什么，你猜

你猜

只要人类自私、趋利和贪婪的属性存在，他们与这个星球上的动物（也包括作为动物的自身）乃至所有生物的矛盾，就会一而再地构成文学深思的话题——无论是对个体的反观，还是对道义的呼唤。王林燕笔下的孔雀揭露着世人对美的伤害。没有呼天抢地的哀怜、啼哭，它只是通过鸟的眼神去揭示，这是最合理也最能传递扎心感的表现方式，却又举重若家常，只有贴身的后口语诗歌，才能处理得这么平易、不凡。

当"真""善""美"也要被一帮新诗盲流子，一厢情愿地裱糊成打人的皮带，可能恰恰反映出了当代汉语的一个教育问题：我们的语文教育、文学教育，离创作精神和想象力都太远了，教育者、评论者乃至看热闹不怕火苗子大的非诗读者，都太习惯了把任何一篇作品肢解成中心思想、写作手法之类的课堂填鸭佐料。没有活气、没有人味、没有趣味，成了中国诗人自认为的"深刻的标志""难度的象征"，这一点，从新诗中晚期的"协会体"，到步入现代诗时段的泛学院趣味、前口语诗，以及一部分意象诗，都多多少少有所浸染。

现代诗的趣味，也不仅仅是像仇视、误解现代诗的人们所诋毁的——搞怪、作俗科、摆摆平民姿态，它更多的是要求作者施展思维的多元性、多样性。我们看看下面这些诗，他们都是口语诗，而且大多数还是被攻击、泼脏水最厉害的后口语诗，看看它们带来了多少与以往诗歌不同的东西：

《我常空怀宏大事物》
江湖海

我把小狗托比
改名大地
深夜回家歪在躺椅
大地偎在脚边
我把大地揽在怀里
寻得闲暇
我帮大地洗澡
修剪毛发
给大地的伤口消毒包扎
劝大地叹息轻点
之后我把大地改名天空
再后改名大海
我把为大地所做的
重做一遍

本诗的核心是说事物的"名"与"实"的错位。这本来是语言哲学和语言学关注的东西，到了江湖海的笔下，所有的纠结、变化,以及随之而来的复杂性,都在一只宠物狗"托比"的身上做了简化却并非简单的上演。

"小狗—大地—天空—大海",形还是那个形,但读着词的我们,显然和抱着狗表演的江湖海,对意义有着不同的理解。模糊——清晰,狐疑——确信,这两对关系构成了"思"的诗意,但它又不是单纯的抽象的"思",而是由小狗的形体、动作发展而来。它们让读者在理解中手忙脚乱,作者则在一旁一脸坏笑,自鸣得意。告诉我们空洞和虚无,在日常的映衬下是多么的狼狈。

《踢足球》
朵儿

一只蚂蚁
举着馒头渣
好像找不到北
后来当球踢来踢去

公共性题材历来不好写。因为里面即时性的感触太多,属于诗歌式的发现太少,一形成文字就没什么意思了,更扛不住时效摧磨。即时性的感触要想摆脱单纯的宣泄,主要有两条出路:一条是你写的感触仅仅附着于大的人生况味之上,读者可以把它们当作是了解作者世界观的一个切片;另一条则是在即兴时另辟蹊径,冲破群体性思路的阻碍。

《踢足球》属于后一种情形。它把"球"踢到了足球场外,踢到了人类以外，但又离人类的世界不太远。如果不是使用口语来呈现，作者想用短短的四行完成上述这些，困难显然会大得多。口语在许多时候，确保了事物和作者发现的原初状态，使它们本身的趣味性不至于被无趣的道理和意义所遮蔽。

《高度》
李振羽

课堂上为讲清一个
我身边的文学大师

我比之为
喜马拉雅之上的珠峰

有学生当即发问
那老师你算什么

我说至多算是
静宁城北的西岭吧

教室一片唏嘘
我只好再次说

如黄土高原的六盘山
好吗

老师在学生面前的权威与谦和，学生对老师的信服和期待、好奇，在共同热爱的文学话题面前，在年轻人的"大理想"面前，发生碰撞、变形，最后再由挤压状态下老师的无奈回答，完成了诗意。

这不仅仅是一首自嘲的诗。它有着对理性的执念与敬畏，还有对来自不同生命阶段灵魂追问的体谅与豁达。《高度》在谈论精神高度，本身又何尝不是一首通达了智慧的佳作。

《监控》
游若昕

我们班
装了监控
一开始
很多人
都很不自在
现在
我们一进班级
就会对着
监控敬礼
嘴里说
胡老师好
或
郑老师好

因为小小年纪就获得了新世纪诗典的"李白诗歌奖年度作品金奖",游若昕已经是这个国家里最年轻的争议性作者了。争议声多来自成年诗人,他们看不惯游若昕的小,也看不懂游若昕思维里对诗意的发现模式。他们甚至忘了自己在童年时代看过类似《未来世界》《魔羯星一号》那些经典电影(可能还可以包括奥威尔的小说《1984》)所揭露的科学对人自由的限制,以及对谎言的保护与催生。

当上一两代人沉迷于玩弄概念、排位和语言,年轻的游若昕却从身边的寻常景象里提炼出了这样一首佳作,它无限逼近着那些名作的境界,而且更具危机感和惊悚效果。中国文艺界的少年,何尝展露过手术刀般的敏锐?后口语让你见到了。

《无题》
张明宇

因为发诗
发现代诗
教高中语文的老婆
把我的微信
给屏蔽了

张明宇本人是中学教师。他的夫人也是中学教师。教师妻子在微信上屏蔽了教师丈夫。这是一首幽默诗?或者——

"段子诗"？当然不是。它还是来自事实的诗意。

《无题》其实有题，它触及的主题非常严肃。其实是一首文化批评乃至社会批评诗。它揭示出现代诗，尤其是后口语诗的生存环境之艰苦。因为过往的几十年、一百年，汉语诗歌业已进展到现代时段，这一深刻的变化被广泛而迟钝的语文教育所忽略，造就了我们的读者，我们的各级学校，对现代诗艺术美学的隔膜与误读。当对艺术在所处环境下生存的担忧，深入进了家庭，一个社会还能自由地诞生出有生机的艺术吗？

《开学季》
韩德星

大学门口
一个着低胸衣的女孩
对另一个女孩说
看你穿的
就知道你还没见过世面
啥时候姐带你
到酒吧转转

平常吗？平常。平淡吗？不平淡。准确说，是在平常、平静之下，有一种对主人公命运的暗示和担忧。

韩德星在这首后口语诗里，展示出了契诃夫式的节制、苦涩与幽默感。"姐"的土鳖腔一出，一个社会、一个阶层、一个时代、一个年龄段特有的精神样貌，已经借这一斑活脱脱呈现在读者眼前了。

《排队》
云瓦

她是第 21 号
最早应该在
5 年零 3 个月后生孩子
但是昨天上午
她发现自己怀孕了
公司老总给了她两个选项
A 辞职生孩子
B 堕胎继续上班
13 个小时后
她决定了
选 B

云瓦的这首诗，揭露出一个残忍的真相。也许因为我国有着漫长的计划生育历史，禁止年轻女员工在进入单位工作的最初几年内生育，不只是许多用人单位的潜规则，而且有些已经成为劳资协议上很重要的一项。过去、现在或将来，所有的美国人真的没有资格眼红中国人。所谓的中国奇迹，其实暗含了多少这样的血泪与牺牲！

求真，是现代诗最大的趣味所在。后口语与传统诗歌的雅趣、情趣以及前口语诗歌的最大不同，是它在现代主义的精神自律之外，增容了叙述现实的能力（注意，此前的新诗，包括具有新诗根本属性的泛学院诗，它们拥有的都是叙事，而不是叙述）。这又与小说中的叙事效果有别。小说中叙述的内容，是作为整部虚构作品中的材料、砖瓦存在的，即便它来自真实生活，但进入小说之后，也具备服务虚构的任务。后口语诗歌中的叙述，是建立在现代诗"真"的基础之上，即便是包含了作者构思的成分，它也是服务于对"真"的呈现的。而且因为这个服务于"真"的目的，一旦在诗行推进中出现构思过度，作品即会报废。这也是后口语诗的写作最冒险也最具难度的地方——要么是好诗，要么不是现代诗。许多读者与作者的迷惑，其根本在于对这种崭新美学的隔膜，以及对新诗趣味根深蒂固的留恋。

《牛逼》
梅花驿

我经常见一辆三轮车
在大街上跑
车厢的外面
用红漆喷着两个
耀眼的大字
"奔驰"
我觉得它挺牛逼的
一个男人蹬着它
风驰电掣
满世界地跑

我也觉得他挺牛逼的

　　本诗是梅花驿写得最好玩的作品之一。事实的诗意，平民、出奇，带着低调对时代揶揄，暗藏人文的硬度。

　　这样的诗，必须是一个作者在冷静状态下写出的，如果在贫嘴状态中，极容易写脱靶。所以，新诗作者与读者看了，会愤怒地说它不是诗；前口语诗作者与粉丝看了，一方面会眼馋它的效果，一方面可能还会对它语言中的控制力表示不满。因为合格的现代诗，一贯苛求对性情的抑制。对性情的过度挥洒，以至于肆虐，恰恰是前口语和新诗共同的问题。也是区分它们与后口语创作的重要指标——无论作者是不是喊过"后口语万岁"。

《表弟戴凡盛》
马海轶

"脱去衣服反文化"
说的是我们这代人的青春期
哦　神仙　请原谅我们吧
哪代人　哪个人　没有青春期
表弟戴凡盛虽然过了青春期
但他至今好像没有长大
看什么都不顺眼　反来反去
前天早晨　他发文反对公共厕所
是的　这情有可原　有一座

公共厕所　建在他家的西北角
　　西北风总从那边吹过来
　　他还曾反对"按姓氏笔画排序"
　　这也不是平白无故　经过多年
　　奋斗　好不容易官至正科
　　可按姓氏笔画排序　他
　　在名单中还是排在倒数第一
　　"我操　这是什么规则"
　　不可思议的是　有阵子
　　他反对电视里的《动物世界》节目
　　反对赞比亚野狗和猎豹
　　而且没有任何反对理由
　　我问表弟是否反对奴隶制度
　　他想了想　说这要看情况
　　"什么情况"　我极想知道答案
　　他讳莫如深　没有应答

　　现代诗是需要反复观察和描写具体的人的，而不是像以往的诗歌那样，只零星、片段地围绕人的情感、情绪、情怀、情愫。诗歌不应该局限在对人类某一部分的放大。这方面，现代诗，尤其是后口语，在视野和表现能力上，比以往的诗歌有了划时代的跨越式进步。

　　马海轶的这首诗就是如此。诗人马海轶总体的诗风，并不属于严格意义上的口语，但近年来融入了不少口语的成分，并主动投入到了2018年这场捍卫创作自由、捍卫口语诗的战斗中。一个温和的诗人不是没有立场，就像本诗，诗人马海轶已在不动声色间展示了他对世界的看法，口语的养分，令他悄然步入到了写作的新阶段。

《有一个人他自己还记不记得他是谁》
侯马

有一个人
不知道死了还是活着
这个人我连见都没见过
我听我哥讲有这么一个人
东杨村里有这么一个人
贾老四
实际上他不姓贾
也不叫老四
老四死了
老四的遗孀又嫁了一个男人
村里人说他是假老四
就这么叫了他一辈子
贾老四

侯马的诗歌一直在不动声色中拓展和改写着汉语诗歌对趣味的定义。在这些诗歌中，诗歌之趣，已不再仅仅是"好玩儿"——性情、情节、语感、逻辑等方面的好玩儿，而是潜入到人的意识、人的生存的海底世界，去打捞，并怀着深深的、克制的、人性与人文交织的叹息。

这首《有一个人他自己还记不记得他是谁》和《李红的吻》《十九个民工》以至于更早的组诗《九三年,我在前门当警察》一样,展示了后口语强大的攫取"诗歌之趣"的胃口与消化功能,它们一以贯之的是诗人对世界的兴趣,既不是书斋气,也不是网络社交平台气。对许多当代作者而言,汉语诗歌走入"文学"的境地,是需要从同时挣脱这"二气"开始的。侯马的作品堪称这类努力的表率与范本。就表现村镇题材的视角和机锋而言,《有一个人他自己还记不记得他是谁》里,甚至让我想到了契诃夫、肖洛姆·阿莱汉姆和高尔基的小说。这在以往的汉语诗歌中,简直是难以想象的事情。现在,后口语诗人做到了。

后口语诗歌大大拓展了过往诗歌对"诗歌中趣味"的认知与表达能力。同样,它对以往诗歌中"理"的内容,"理"对诗歌的构成方式,也达到了前所未有的重视。

当代诗歌中,对诗歌中"理"与"论"的强调,最为显著的作者当然是我。其次是伊沙(尤其是《点射》系列)、沈浩波等人,这种注重给诗歌带来的冲击,有些近似于米兰·昆德拉对以往小说写法的颠覆。鉴于在一篇专门的理论中,不适合大谈自己,自我诠释就留待以后了。这里仍然从诗人们自展的作品中随机取样展示——

《在圣方济各圣堂前》
沈浩波

我喜欢那些
小小的教堂

庄重又亲切

澳门路环村的

圣方济各圣堂

细长的木门

将黄色的墙壁

切割成两片

蝴蝶的翅膀

明亮而温暖

引诱我进入

门口的条幅上

有两行大字

是新约里的话

"耶稣说：

我就是道路

真理和生命"

我想了想

在心中默默地

对耶稣说：

"对不起

这句话

我不能同意"

    我对本诗最后的三行话深表认同。无意冒犯各路信众，需要提醒大家的是：本诗重点论述的是一个关于人类思想与生存自由度的话题。这是一个从布鲁诺和伽利略年代就一直处于人类思辨核心地带的话题。它一直延续至今，而圣方济各圣堂只是一个开启论述的情境、引子。

人类认识的局限性，一直使我们在为想象、发现与思考设置着形形色色的火刑台，有时甚至我们自身就是一座独立的小小火刑台，烧向自己，烧向别人。

这普泛的概括随时可以落实到今天任何一个具体的领域和热点。包括眼前这场口水新诗蟊贼围剿现代诗精英的网络大字报狂欢，难道不是又一次"语言上的暴民拳乱"、又一场私设的美学火刑吗？

《论口语诗人为什么要战斗》
庄生

作为一个教师
看到孩子们
还在读那些
不说人话的诗
读着读着
孩子们以为
这个世界的诗
都是不说人话的

庄生此诗，几乎表达出了所有参展诗人捍卫现代口语诗和自身创作自由的共同心声。但这首诗的好在于，它相对于以往的诗人，以及同时代作者的某些作品，依然没有"代言"的野心。

"代言"是汉语诗歌过去一百年间最大的魅影。而这首诗的出发点依然是个人的，有着一个普通教师对未来的担忧，其背靠又是作者对后口语诗歌美学的坚信。是一种带了体温和人文的"战斗"诗。

《不寒而栗》
朱剑

对伊沙进行的
毫无诗学意义的
"文革"大字报般的批判
看起来愚昧荒唐可笑
可如果真要是身处"文革"
就能把他给活活整死

朱剑在短短的六行诗里，还原出了流媒体喧闹下，这波已为时两个多月对伊沙和口语诗的网络大字报式的谩骂与攻击的实质：

一种对诗人写作自由的干预。

一种对"非我族类"美学的泼污与绞杀。

一波口水新诗作者（有的可能连作者都算不上）对口语现代诗"贼喊捉贼"式的攻讦。

一股潜藏在诗歌争吵（不是争论，也不是论争，因为攻击发起方没有任何创作成绩，也没有任何成型的诗歌认识，无外乎是一些新诗套话和心灵鸡汤式的自我标榜）中，借以宣泄"文革"情结，并诋毁改革开放40年以来当代文学最令人瞩目的成就。

《听雪峰谈起一个著名的知识分子诗人》
君儿

先是在茶楼喝茶
结果他要酒

啤酒上来了
他喝了几口说酒不好喝

匆匆转移到另一家酒楼
结果他又没喝几口

问
此地有新红颜没有

君儿这首作品，呈献的是诗歌美学分歧这一外在话题下，经常被掩盖住了的人与人之间的差异。它指向的是当代诗歌生态，"知识分子"的名不符实，以及国人根深蒂固的将诗歌视为"才艺——娱乐"，而非严谨、严肃艺术的通病。照理说，这可以是一篇随笔或是一篇文学批评的主题，但诗歌赋予了它现场感，批判性也因此更加突出了。

间接材料入诗，一般都有着"隔"的风险。本诗却没有，故事虽然得自朋友的讲述，但因为作者同样置身在当代诗歌的环境之下，这种批判具备了切身性，有了某种与环境贴身肉搏的决绝。口语现代诗的"理"或"论",是要求作者一定与所说内容拥有切身关系的。"理"或"论"的前提,不一定每次都要在诗中交代,但它们一定得出自写作者对生命、人生的切身体悟。

现代诗写一两首并不难,持之以恒地写,则需要作者(也包括将来的阅读者)将其所有的文字,都作为一个艺术王国的有机建筑材料去锻造。而后口语诗,更是这种写作中最难的。不懂的人以为它将诗的门槛变低,其实真相是:它让作者和读者发现好诗的视野和思维模式变得无限丰富了,而让一个作者成为好诗人的门槛却变得更高了,甚至——充满了自我挑战的无限凶险。

《抵消》
姜普元

诗会期间
孩子们获得了太多的赞誉
和快乐
孩子妈妈说
这样下去
一定会宠坏的
我说
你放宽心吧
马上就开学了
有的是抵消的东西

作为《新世纪诗典》发掘出的两位早慧诗人——姜馨贺、姜二嫚（两人合著诗集《灯把黑夜烫了一个洞》刚刚获评为"深圳十大佳著"）的父亲和同行，姜普元的内心感受无疑比其他人都复杂。一方面为孩子的天赋感到自豪，一方面又时时抽离、回到家长的角色，从成长和教育的角度对孩子经历的一切做谨慎的评判。本诗写出了他的小小担心，又通过小诗人的母亲之口，化解了这些担心。而在担心被化解的同时，再度引出了"社会—学校—个人—家庭"这一系列关系链条之间抵消教育（二十多年前，我所供职的杂志做过这方面的专题）这一重大教育和社会话题。

重大话题的展开，不是通过时评般的宣泄，而是一次诗会对孩子的肯定，以及父亲对这肯定的忧喜参半。这样严肃、直感、接地气的好诗，难道不值得广泛被阅读吗？口水新诗的群傻们就是想否认这样的好诗，破坏诞生这些好诗的小环境。

《可怕的口语诗》
赵立宏

几位本地诗人聚会
席间一位非口语诗人说
只有赵立宏是口语诗人
大家说话要小心
要是被他写进诗里
比监控和录音
还他妈要命

口语诗真的可怕吗?可怕到"比监控和录音"还要命吗?未必。真正可怕的是谈论者的这种心理,真正可怕的是谈论者不愿意被披露的那些内容。可怕的是真实。赵立宏的这首诗首先揭开的是这一层。这其实也正是口语诗的表现优势,哪怕它面对的阅读者,是一些对诗歌怀了无知、错误理解的人。

不是所有的真实(那仅仅是素材和疑似素材),都值得被写入诗的,这一点,考量的是写作者选材的智慧。选材不当,不但诗无价值,而且还会自惹民事纠纷。这方面,需要作者和读者都时刻牢记"文则自负"的原则,不要把什么锅都推给诗、推给"对诗歌的热爱"。

《人类史》
南人

人类进化
从挺起胸直立行走开始

人类文明
从遮羞的几片树叶开始

人类历史
不过是
一些人扯下另一些人遮羞的树叶
一些人将另一些人重新打趴在地

南人此诗和我早年被收入《世纪诗典》的《辞书》（最近仍然因为粗话，被出版社编辑认为不适合出版）都属于那种"正话巧说"的路数。普通读者乍一读来，以为貌似偏颇，其实却都说出了以往人们认知里，刻意回避的某些残酷的现实。

口语诗写历史，有迥异于以往历史和当代学者的新表达，这是它们对人文领域的新贡献。过去的历代文人，偶有惊人之语，要么是作为性情宣泄，要么是故作惊人，但到了后口语诗人这里，正越来越趋近于一种日常性的思考与表达。这种变化，是基于这一代作者对文明正反面价值的深切体悟与反思。

《事实的诗意》
伊沙

"三八线"
不是一条线
它有4公里宽
南北朝鲜划定的
非军事区
60年过去了
成为世界上
最成功的动物保护区

伊沙目前已写有数首题为《事实的诗意》的诗作，可作为重要的研究取样。伊沙是值得关注的后口语的作者、读者和学者，这一首是目前最广为关注的一首。也是典型的"情境"与"论"合一的佳作代表。

诗的正文首先呈现的是一个事实：世界上最成功的动物保护区，竟然在一个国际"非军事区"来实现了！这件事逻辑上貌似奇诡，因果上却又再自然不过——因为开枪和杀戮在该地区是被禁止的。人类杀戮行为的禁止，使得野生动物也因而收益。人类该为此庆幸，还是惭愧？个中滋味，作者貌似懒得总结，读者尽可自己琢磨去。

此时再回看题目，"事实的诗意"五个字，宛如对正文的点评，甚至可以说是最好的诗评。它既揭示了后口语美学中，事实的诗意的来源，也演示了它的构成，以及语言和叙述层面所需要的克制。题与正文，互文而成，整首作品，同时构成了一篇诗体的、直感的美学短论。

……

上述的举例，基本上是在阅读中随机取样的，为了有力地回击诋毁者的"圈子说"，除了被围攻、谩骂的当事诗人外，我没有太多列举大展中西安、天津、山东和北京的口语诗人作品。从这些例子中，那些过去对口语诗了解有限的作者，尤其可以从中看到口语诗取材的胃口之好，表现之独到，以及对于自由精神、自由表达的不懈追求。攻击口语诗的口水群傻嘴里的那些脏词能诋毁得了这么一种生机勃勃的写作吗？

恐怕即便是攻击者自己也没有这个自信。这一点，由他们迟迟不敢，甚至拒绝展出自己的作品，以及随后发生的互揭老底、不堪入目的内讧、裂穴即可证明。

"加冕"途中与周边的诗学思考

当代诗歌的发展历程里，所有的大规模"论争"，都是以新兴的诗歌美学、新起的诗歌高峰遭到质疑、围攻，进而无端从文字的"道德"角度指责，被诋毁者为捍卫自己的艺术美学被迫反击所引发的。无论是从朦胧诗的论争、第三代诗歌的论争、盘峰论争……还是眼前的围绕后口语诗歌的论争，其本质基本类同。但论争对手之间的文本实力与理论发言能力的双重不对称，尤以最近的这次为甚。

没有踩到及格线的作品，没有符合基本逻辑的空话、脏话构成的口水大字报，对方的一系列怨怼、谩骂，使得这次围剿看起来更像是一群对时代怀有郁结之人，选中了"攻击后口语诗歌"这件事作为精神负能量宣泄的途径。除了偶尔的语言暴力会让后口语诗人和其他诗人感到厌恶及不上档次外，没有任何可供放到文学台面上审视的东西。

像曹谁这样的攻击谩骂，其言行和表演，似乎生来就是为了映衬以伊沙作品为突出代表的后口语诗佳作的华彩而生的。从对口语诗和《新世纪诗典》泼污水，到以串联、造谣的方式宣布成立"反伊（沙）联盟"（不久即因那些所谓的"盟友"公开声明否认参加而分崩离析）……曹谁通过谩骂伊沙，彻底找到了通过自身作品终生无法实现的、获得人群围观的"成就感"。如果实在写不出好诗，那么，来！骂伊沙！骂口语诗！骂《新世纪诗典》……一路骂下去！这大约就是平庸者最为便捷的"在小圈子里捞世界"的秘籍宝典。

只不过，此前没有一个人，像曹这么"坚定""有毅力"。是呵，正常点儿的、稍有点儿才华和自尊的人，即便是对口语诗的美学有某一方面的不认同,即便是嫉妒伊沙三十年在骂声中左冲右突、建构自己后现代文本与诗学的成就,也不至于把自己变成一贴狗皮膏药或"大字报精"吧。没有才华,却又足够聪明,深深洞悉混迹文坛的诀窍呢——只要自己这贴膏药,紧紧贴住伊沙这个创造力超强的诗人,哪怕什么都不写,在可见的时间长度里,自己都会拥有一张在形形色色仇视现代诗小圈子里畅行无阻的门卡。

你伊沙走到哪里,口语诗兴旺到哪里,曹谁就跟到哪里。只要你的才华还在闪耀,人们就不会忘记还有一个叫曹谁的人。我们从某种程度上可以说,曹的这种行为已经触及"不朽"了——毕竟,作为不朽作品的敌人,比单纯喊海子和大诗万岁,要更容易获得利益和所有庸俗者的怜爱。而世俗志向远大、趣味广泛如曹某,显然并不满足于仅仅充当不朽作品的敌人,打小报告、告黑状……本就会成为这种人无底线捞世界的手段。正如人们在自媒体上看到的,曹已经这样做了,只不过,他这路人和他这些爱好还是生错了时代。用后口语诗人的话说就是:一年来,曹谁们热热闹闹的口水和谩骂声,成了给后口语诗学进行的美学加冕典礼。

谩骂和诋毁不仅催生出后口语以及更广泛的先锋诗人,一起来展示作品实力、捍卫创作的自由,也反向激发了许多后口语诗人的思考意识,有追求的作者开始从个人的角度,去思考和试图廓清、阐释各自视野与理解里的口语诗、后口诗。

口语诗的语言是真实而自然的,是每天在日常生活中使用的言语。这样的语言带有人的体温和气息，是活生生的语言，更是屏蔽掉表演性和舞台腔的语言。在日常生活中，谁会用大段的名言警句说话？谁会带着哭腔喊"姐姐，今夜我不关心人类"？

口语诗人要经得起折腾。面对口语诗，什么层次的混子都敢品头论足，都敢胡说八道。这些人低估了口语诗的门槛，也低估了写诗的专业性。如果你说你写诗，他就敢嬉皮笑脸跟你讨论，还要假装虚心地请教。你说你研究运载火箭如何上天，他保证不敢在你面前废话。因为"不懂"，所以"装懂"，这是人性，也是口语诗面临的处境。

作为口语诗写作者，面对恶意攻击口语诗的暴徒，沉默等于自取其辱，必须迎头痛击。这是诗学之争，也是生存之争，该拔刀就拔刀，该亮剑就亮剑。没有血性不建议写口语诗，口语诗不需要中立派。有人掠夺口语诗的生存空间，大家面对的是恶劣的诗歌环境，面对的是邪恶的"正人君子"。作为口语诗写作者，参战是创作的责任，是写诗的另外一种提升。

（康蚂《用大众审美观批评口语诗，有点可笑》）

我们看惯了各种主流文化以攻占山头的"文革"语境（新一辈有多少知道"文革"的来龙去脉呢？）去侵占我们的私有思想领地，让异己变成大同。

有人说口语诗是口水诗。我只想说这些人从未正视自己的艺术创作环境，你每天的生活难道不是在用口语说话，（用）口语去解读你看到的信息？

如果一个艺术家、创作者把自己的生活和艺术创作割裂开，他的作品必然是脱离了艺术生长的土壤,让其发育畸形。就好像是所谓的电影大师,当他再也不能过普通人生活时,他的电影如何打动观众的心,因为你的情感不真实,是有欺骗性的。而现在这些捍卫正统的人,就又带着假面具再一次向"真实"袭来。

(张甫秋:《攻击口语诗是一场注定失败的攻战》)

在曹谁口水帮谩骂、攻击后口语及整个口语诗的时刻,类似上面这些出自后口语诗人中有识之士的诗学阐述比比皆是。需要强调的是,正是这些后口语诗人,在这场口语保卫战中展现出了自身的学养、严肃和严谨,而表演满嘴屎尿的恰恰是曹谁口水帮——碰瓷谩骂口语现代诗的"牛二"们。

后口语及口语,之前比较重要的理论与文献有伊沙的《我在我说》《中国现代诗论》以及《有话要说》(系列)、唐欣侧重于诗的脉络进行勾勒的《说话的诗歌》、徐江侧重于现代诗整体来俯瞰的《这就是诗》等著述。通过这次被口水新诗作者围攻的自卫反击,又催生出了全新的《怒放:风口浪尖上的序》(伊沙)、《作为一种世界观的口语诗》(沈浩波)、《中国口语诗年鉴(2018年卷)代跋》(唐欣)等全景式的新论。

值得注意的是,在为后口语乃至整个口语诗的生存权争辩的大前提下,又涌现出了庞华、韩敬源等具有发言能力的新实力派理论作者的批评文章。几乎与此同时,南人开启了他激情四溢的以后口语和口语作品为主的现代诗佳作细读系列。马金山发起了"关于口语诗的十一条语录征集",引发了众多作者从各自创作体验出发，去思考和丰富有关口语诗的理性梳理：

口语诗是最忠诚于母语的诗。

（云瓦）

我所发现的灵感，源于有所思。

……

在我中，盛开自己。

（马金山）

诗意是天然的存在，什么语言对诗意的呈现度最高，就用什么语言。既然口语可以直达本质，书面语让你耽于词语之美——其实那种美和词语一样老旧——舍本逐末为哪般？

（高歌）

口语诗的平民主义，不直接等于平民，实际上，平民挺"贱"，(就类似于奴性和作伪)，我们让包括他们在内的语言成为诗歌语言，最反对的竟然就是他们自己！这实际上就相当于你要废除封建制，他们哭天抢地怕没了皇帝，膝盖可怎么办——以后跪谁啊？所以口语诗还有思想启蒙运动效用，一如我在几天前说过，难道我们口语诗人继承了"五四"先贤的遗志，他们当年众志未酬，为白话文而战，我们为口语诗而战，从而中断的思想启蒙终于要让我们完成了？——"天将降大任于斯人也，"那我们就担起来。

（李勋阳）

趋同，不扎堆，不抱团。

（刘川）

口语诗不是口水诗。不是病人,不可能流哈喇子。

(石蛋蛋)

必须是一个向往自由的人!没有自由,就不是完整的人。而口语诗歌就是作为一个人的,生命之歌。

(卓仓果羌)

烧制家常菜,拒绝多余的调料,注重食材、火候,口语写作亦如此。

(刘德稳)

冰山理论,口语诗的原则。

(张敬成)

口语诗的核心问题是现代性问题。不具备现代精神的人,写不了口语诗,读不懂口语诗,不喜欢口语诗,甚至反对口语诗。

(杜思尚)

中国的中小学也包括大学的诗歌教育还停留在古典诗歌教育和传统抒情诗歌教育阶段,这对培养现代诗意识和现代诗人是严重不利的局面,应该顺应诗歌的发展潮流,增加口语诗优秀作品,但这也许还是相当长一段时间内的理想吧。

(君儿)

……

尤为值得一提的是:由于这场后口语诗歌论争中,发难一方的文本水准和发言水平均低于新诗普通水准,发难方式更接近于一种"文革"式网络大字报特质,被迫还击的后口语诗人们，激活了诗歌这一体裁特有的短小、快捷、犀利、灵动特色，写出了大量的"战斗诗"，它们中有相当一部分也具备了接近理论性发言的含量。这些作品，一部分已见于"口语诗人为什么要战斗"作品展，另一部分则伴随着这一年来论战的持续和深化，继续源源不断地见诸优秀口语诗人们的自媒体。篇幅所限，这里就不一一列举了。

面对一群构不成对手的乌合之众，后口语诗歌的加冕礼充满了喜感，也充满了面向汉语使命的肃穆和自省。这可能是那些发难者太不愿意看到的，口语诗歌的自媒体大展更是令他们惧怕的——诗坛靠串联式吵闹"繁荣"的年代过去了，这是文本为王的时代，这也是汉语诗歌全新的时代。后口语诗人真正直面的，是一个全新的、更广阔的世界，发掘它，发掘出自身在汉语中的创造性，这是这个时代诗人们的使命。回击"牛二"们的诋毁，虽然仅仅是一个花絮，一次创作过程中的课间操，但它并非无关轻重，相反，它构成了对一个作者捍卫先锋忠诚度的考评。

诗歌的敌人，在不同的时代，会以不同的面目出现在创作者的面前，不断挑衅着、打扰着、坍塌着……

艺术家们，就是这样，踏着光阴和咒骂声，向前。

韩敬源

口语诗叙述上的"精彩自呈"在创作实践中的一些具体性特征

伊沙在《梦自序》中提到后口语诗歌存在两个倾向:"对现实的过度依赖"和"对叙述的过度依赖"。对前者,已经有不少诗人在自己的创作实践中突破了依赖现实的屏障,尤其是伊沙的《梦》系列(第一到第四卷已经成书)成了独一无二的诗著。对后者,目前还没有明晰的成熟的成体系的创作实践成果集中展示出来。鉴于后口语诗歌是"活"的诗歌,诗歌批评已经屡屡提及,理论探索发生在"事实"之后,这符合诗歌艺术发展的基本规律,因此,反向深入现有杰出作品的内部,下沉到文本结构中,梳理出后口语诗在叙述上取得的成体系性的经验,促成思考。一方面,到目前为止,叙述依然是后口语诗表达的利器,另一方面,对叙述特点的"下沉"研究,探索叙述中的未知领地。我把阅读视觉集中在"长安诗歌节"同仁诗人的作品上,有几个原因:一是我与长安诗歌节同仁诗人有前所未有的渊源,多年交往,对他们在诗歌内外的状况均有不同程度的了解；二是这场注定会载入史册的诗学革新就是以"长安诗歌节"同仁诗人以及他们的数百场诗歌活动为发动机，对他们作品的阅读变得尤为重要，同时表达我这个非同仁的敬意；三是后口语诗人普遍存在对"匠心"的轻视，容易把诗歌对表达能力的探索一股脑地归为"技术性"问题。

伊沙在《后口语诗论》中提到口语诗歌是"在叙述中精彩自呈"，后口语诗歌在"叙事艺术"表达手段的基础和共通的表达经验上，通过创作实践，生成了新的属于口语诗的叙述特点。我们通过对叙述内部问题的细微化分析，对小说叙事与诗歌叙述之间的差异的揭示，可以对"在叙述中精彩自呈"有更深入的了解。

叙述的完整性问题。在传统叙事中，一个叙事必须有一个结局，哪怕是开放性的，但在口语诗的叙述中，"结局"弱化并融为叙述效果，成为要呈现的诗意的一部分，也就是说后口语诗人不会把焦点集中在"结局"或者"最终的启示"上，诗人觉得我想抒发的情感出来了，诗意呈现出来了，叙述可以随时终止。如诗意效果需要，也会有一个叙述的结局，口语叙述不追求"大团圆"或者"大毁灭"的结构效果。我们以朱剑的《南京大屠杀》为文本，看看在创作实践中是怎样呈现的。

《南京大屠杀》
朱剑

墙上
密密麻麻写满

成千上万

死难者的名字

我看了一眼

只看了一眼

就决定离开

头也不回地离开

因为我看到了

一位朋友的名字

当然我知道

只是重名

几乎可以确定

只要再看第二眼

我就会看见

自己的名字

  非常典型的片段性叙述,诗人只叙述在参观过程中心里一动,灵感降临时看到"密密麻麻"的名字的时候的情感刺激。看到密密麻麻的名字,看了一眼就离开,这是对"行为"的叙述,接下来是对"行为原因"的心理叙述,到此为止,诗人的着力点并不在"我离开"的这个行为结局的本身上。诗意效果已经出来了,"我"心里的感情已经吐出来了,叙述戛然而止,形成了非常智性立体的开阔空间并生成海水上涨无边无际涌上来般的情感效果。朱剑在本诗里还为我们提供了另外一个启示：在面对重大题材的口语叙述中，对叙述视点的选择会对整个诗歌的表达效果产生"质"的影响。在面对"南京大屠杀"这个充满民族、人类残酷苦难的大题材面前，朱剑从参观现场时身心感受最直观的反应为叙述视点，忠实叙述心理感受和行为，这种感受有普遍性心理，更具"灵感"特征，推己及人，把自己放入了历史的时空，写出在这场惨绝人寰的屠杀面前中国人的悲愤，并具备了世界性，任何一个民族在面对自己本民族的这种类似的惨剧前，都会有本诗共同的情感和心理。

西毒何殇在《邻居》一诗中的"叙述"艺术，更能看到口语叙述上，诗人对完整性的理解和处理完全不同于叙事的特点。

《邻居》
西毒何殇

楼下
别墅区
不见有人
只有两只八哥
互相问候
你好
你好

这首更典型了，一个片段，下楼，路过邻居别墅，两个八哥跟你打招呼，你好，你好，叙述戛然而止。叙事文学培养起了一批习惯在叙事的结局中寻找意义和启示的读者，他们读完本诗的第一反应是一头雾水——这是想说啥啊？这首诗歌直接就没有"叙述的结局"，就这么一个片段摆在这里，因为诗人已经把他要呈现的诗意呈现出来了。读者对诗意的提取需要自行完成，在诗意的提取过程中，普通读者通过意义的分析完成对本诗的阅读，高级读者会去获取在现场出现的西毒何殇此刻的"存在状态"。也就是说，"驱动"诗人完成"叙述"的不是事件本身，诗人的焦点不在"事"上，而是这个"片段化的现场"刺激起的"诗性"（诗外的功夫就在这里发生作用）。

黄海的《敲门》又提供了另一种效果，一个非常普通的日常"小事"被呈现得满是现代人生活的质感。后口语诗歌讲要"回到日常"，这已经是初级阶段的理论，回到日常后怎么呈现日常就是个大问题，否则你怎么回来呢？很多写不了口语诗的人，一是观念上艺术审美上的问题，这两年我对这类人已经失去了"劝"的耐心，二是想回到日常不知道怎么回来（表达问题）的人——在我的学生中表现尤其明显——我的这些解读就有效了。

《敲门》
黄海

邻居是隔壁家的
包裹是一个叫徐伟的

敲门的人我不认识

他敲了好几下

没人答应

他等了会儿

又敲几下

没人开门

我从猫眼看

门外的这个人

他像站在远处的骷髅

穿着衣服摆动

他刚伸出手

敲打我的门

我问了句

"你找谁?"

"徐伟。"

  小说的叙事研究是对时间、地点、人物、事件、起因(矛盾冲突)、经过(情节展开)、结果(结局启示)等众多元素的系统性研究。口语诗的叙述不是这个逻辑,在"叙事"的这个系统过程中,某个片段刺激了我,我就"叙述"某个片段,不管他在叙事中的哪个"链"上。很多时候,中国人嘴里说的"事"其实不是严格意义上的"事",就是个片段,所以普遍性的小说写不好。黄海本诗就叙述了这么个"事",在诗歌里,这就高明得多了。叙述也分"概括叙述"和"详细叙述",黄海本诗是详细叙述的典范,后口语诗的"细节"经常就出现在"详细叙述"，最出神的一笔是："他刚伸出手／敲打我的门……"这种在一个片段上详尽的叙述把人的心理推向极致。在内容上，与西毒何殇的《邻居》有相近的地方：都涉及现实生活中人与人之间一种具体关系的"存在"，西毒何殇的《邻居》里有种"空孤冷隔"的人际存在效果，有揭示之意。黄海本诗又写出了事实之下的"空前的警惕感"，"人与人之间互相防范的状态"，两首诗背后都有社会景深的投影，现实生活的质感。

叙事的情节链与口语叙述的细节感问题。美国普林斯顿大学教授厄尔·迈纳在《比较诗学》中把情节定义为"运用发展、因果关系和偶然事件，在一定时间和地点里面持续的一群人的连续活动的系列"，在小说和叙事诗中，读者可以找到这种明晰的情节链，而在口语诗中，诗人大多数时候不关心情节是否完整，更在乎某个突出的"情节碎片"所携带的诗性特征。诗人会在"叙述的片段"中着重发觉"细节"带来的新奇和情感体验。生活经验提示我们，细节是"诗性"在不易觉察时候的流露,是"新奇""陌生""本质的外化时刻。我们通过艾蒿的《虚构》可以发现一个超乎我们常规经验的细节，带有一种"致命"的力量。

《虚构》
艾蒿

模特穿着各种漂亮的衣服

站在商店门口

让人们看

有一天她实在站不稳

就摔了下来

首先摔断了头

然后是一只胳膊和

一条腿

老板去隔壁打牌了

没有看见

另一具虚构的模特

跑过来抱着她

断掉的头

大哭了一场

  从叙事学的原理看，我们的经验是细节增加了叙述内容的真实感，如厄尔·迈纳所说："叙述者对所叙述的东西可以声称具有某种真实性……控制所发生事情的真实性要求很大的权威。"在艾蒿的《虚构》中，原有的经验发生了变异，"虚构的细节"（另一具虚构的模特／跑过来抱着她／断掉的头／大哭了一场。）获得了无比的真实感，并有超现实的质地，在眼前所见之事实中获得了另一个维度的诗意。这种真实感的获得，一是在前面的叙述中是"生活现场"的实录（事实的呈现），这种实录来自我们的现实生活中并不罕见的场景，很多人都有经历和经验；二是"虚构的细节"里，其内容也是人类日常生活中合乎事实的真实投射。借用生活经验，诗里的"模特"让读者很清晰地指向"服装店门口的塑料模特"，避免了"血糊淋漓"的场面,但是带来了另一重"超现实"的效果。塑料模特复活了,这个"致命的细节"就把情感带向真实的人。当然,在文本之外,艾蒿的"人本"在诗歌中发挥着决定性的作用,但也不能因此"小看"了具体的叙述"技术"和"效果",没有"匠心",诗外功夫在诗内无法变为艺术,很多天才就这样被毁掉了,人本和文本是协同作用的效果。在整个叙述过程中,诗人并没有叙事的主观意识(情节链),而只抓出最具特质的点(细节感)。

李海泉的《天桥上》又提供了另一重思考,口语诗歌不聚焦叙事的"情节链",更在乎某个突出的"情节碎片"所携带的诗性特征,非常有意思的情况是,当这个事实的"情节碎片"被诗人灌注满"诗意"之后,其效果常常溢出"细节"本身而向没有叙述出来的"情节链"的两端延伸。也就是说,有可能,后口语诗歌在"叙述"的时候,适度"照顾"一下情节链的两端可能会带来意想不到的收获。

《天桥上》
李海泉

两个小孩
伸出黑乎乎的小爪子
问他要钱
他迟疑了一下说
我喜欢干净的小孩

等会儿看谁的手

最干净

我就给谁

十块钱

在口语诗的叙述研究中,我们可以把对"细节"的理解稍微放大一点,也就是说李海泉的本诗里"黑乎乎的小爪子"可以界定为一个细节;诗中出现的"他"所说的话也是一个细节(超出常规生活经验的具体行为均可认定为细节)。如果这样理解,细节对"语言"的精确性要求就非常高,比如"小爪子",如果改成"小手",在整体性诗意中的效果就减弱了,小爪子是带情感的、电流的,如用小手,在本诗里明显没电流。在这个通过叙述完成的"片段"中,两个细节支撑起诗意(情感),要准确地提出诗意,还要在诗内叙述之外出现的"事实"上延伸,"我"在干什么?我看见,我听见。周围的环境是什么?读者在诗人给定的空间里调动自身经验去还原,时间和时代、空间和地点,人心、人情和人性再协同作用,一个立体丰富的诗意世界就浮现出来。往情节链的下端延伸,两个小孩会有什么行为?"他"的话会有什么影响?本诗的诗意就有了溢出细节,向情节链两端延伸的效果。

后口语诗歌的复调叙述问题。大众对口语诗歌的责难里有口语诗自身的原因,复调叙述的口语诗不多,存在不少干巴巴的平面性特征突出的口语诗。在后口语诗时代,复调叙述的情况在增多。在前口语时期,这些问题都没有得到足够的重视,也就是说,后口语诗歌的精细化程度越来越高。比如说,在叙述中地点和空间是截然不同的，细微的差别必须得到足够的关注，否则在最后的表达效果上可能会有箭离弦时粗枝大叶的瞄准，必然会导致脱靶的情况。西方经典叙事学中，对时间元素的研究非常突出，与他们"逻辑性诗学"的特征吻合，在中国的情况变得复杂，生成性诗学对个体智慧要求的特征非常明显。诗人在时间上的意识一度受宗教观念的影响，对时间没有清晰的认识，只有一种混沌性的直觉认知，"过去，或已经消逝之物；现在，或开始存在之物；未来，尚未来临之物"，就概括了"万物"存在的时间，这种意识最后构成了"文化"。而西方对时间掰烂砸碎的研究更具备科学性特征。在诗歌的复调叙述问题上，时间和空间元素就显得尤为重要。文本叙述的复调会带来诗意效果中的复调。叙事学常识显示，同一时间的不同事件，可以发生在不同地点（或相同地点）的不同人物身上。不同时间的不同事件（或同一事件）发生在同一人身上等还有其他情况。诗人在叙述的时候，可以把几个"叙述片段"按照意向诗歌的结构和经验来组合。我们可以通过具体的文本细读，对复调叙述的特征在写作实践中出现的情况做出分析和探索。

《马》
王有尾

5 岁那年
我从马背上摔下来

一匹老马

干了一天的活儿

脾气变得异常暴躁

25 岁那年

我从马背上摔下来

在巴里坤草原

那匹马脱缰之后

撒欢跑向远处的马群

今年我 35 岁

又从马背上摔下来

身子变得空虚无比

那匹马愤怒地撅下我

游向梦中的深海

  王有尾在《马》中叙述了三个片段，童年（5岁）、青年（25岁）、壮年（35岁）不同时间、不同地点、相同事件（从马背上摔下来），形成了叙述本身的复调效果。为什么没有写少年呢？这是个问题，提给王有尾——这个问题对读者无用。不同时空里的片段因相同的事件被结构在一起，造成了一种密集化效应，一是对叙述效果（诗意）的强化，二是从形式上对诗意效果的强化（这个值得商榷，不一定都要采用王有尾本诗里的强化手段，形式一旦固定就有问题，康玛在他的《秃鹫》里使用的强化手段类似，但是形式又与本诗不一样）。在随后对每一次摔下马背的不同形状的叙述，才是诗眼核心之所在，现实生活的经验带有了个人生命体验的质感,前两段为"呈现事实",后一段突然起飞,用虚构的叙述完成对生命体验的"具象化"。把个人的阅历感凸显得让人心动而具备一种非常突出的质感,上升到更高高度的生命感。

伊沙的《春天的乳房劫》在复调叙述的问题上显得更为丰富而复杂,王有尾的《马》可以在文本上就找到明显的复调叙述的特征。在"现场感"非常强的后口语诗歌中,复调叙述是经诗人的直觉、情感照射后,"事实"本身辐射出来的效果——自然形成情感性复调,也是构成后口语诗智性立体的显著特征。

《春天的乳房劫》
伊沙

在被推进手术室之前
你躺在运送你的床上
对自己最好的女友说
"如果我醒来的时候
这两个宝贝没了
那就是得了癌"
你一边说一边用两手
在自己的胸前比画着

对于我——你的丈夫
你却什么都没说

你明知道这个字

是必须由我来签的

你是相信我所做出的

任何一种决定吗

包括签字同意

割除你美丽的乳房

我忽然感到

这个春天过不去了

我怕万一的事发生

怕老天爷突然翻脸

我在心里头已经无数次

给它跪下了跪下了

请它拿走我的一切

留下我老婆的乳房

我站在手术室外

等待裁决

度秒如年

一个不识字的农民

一把拉住了我

让我代他签字

被我严词拒绝

这位农民老哥

忽然想起

他其实会写自个的名字

问题便得以解决

于是他的老婆

就成了一个

没有乳房的女人

亲爱的,其实

在你去做术前定位的

昨天下午

当换药室的门无故洞开

我一眼瞧见了两个

被切除掉双乳的女人

医生正在给她们换药

我觉得她们仍然很美

那是我已经做好了准备

  在本诗的文本内部,叙述了三个片段,第一是妻子进手术室前的现场,第二是一个农民老哥让"我"代签字被"我"严词拒绝的现场,这两个片段处在同一时间、同一空间内,在这个时空内,诗人又插叙了另一个时空内的片段,术前定位所见的情形。这些发生在真实现场的叙述片段构成了"事实"的情感结构的"复调"。在此,有必要对"复调叙述"做出原理性上的说明,从常识看,复调首先是一个从音乐理论借用的术语,俄罗斯评论家巴赫金曾经提出过一个"复调小说"的概念。复调的原意指在一首曲子中,有着两个以上的主旋律——在现代环境下,单一的旋律已经很难表现出现代人的心灵深度，后来出现了复调性音乐，甚至无调性音乐，用迷乱的音响组合表现人的复杂的灵魂世界（口语诗诗歌中的后现代主义精神与无调性音乐的特点更为契合）。复调式叙事的提出最初是相对于独白式叙事而来的，独白式叙事方式指作品人物的情感、态度、观点等都是来自叙事者（作者）本身，体现为同一个叙事者的同一种声音；复调式叙事在于叙事者与作品中的人之间存在某种冲突，作品中的人常常与叙事者对话，叙述者借此把自己内心的矛盾、困惑等通过与作品中人的对立冲突的声音表现了出来。

当口语诗歌采用"叙述呈现"后，与小说的叙事有明显的差别：一方面，后口语诗同样带有诗歌本质中的"主观抒情性"；另一方面，在事实的呈现中，诗人始终带着强烈的情感在感性地"叙述"，诗人与诗中的"我"是一种合二为一的存在，叙述者（诗人）与被叙述者（诗中的"我"）之间并不存在像叙事中那种撕裂性的矛盾和冲突，复调性的效果更多地体现在"情感"的多维度上——在伊沙的带浓郁情感的叙述中，人对病魔的恐惧、妻子心照不宣的生死信任、诗人承担起这种信任带来的惶恐、术前定位时所见情形的结果预判、对妻子的深情归纳于以上情形中，在一连串的行为叙述和心理刻画中，现场和心理的紧张及鲜活感跃然而出，构成了本诗立体回响的声音，未见一情字，但感动了无数的读者。这可能与我们先前谈到的复调诗歌不同，不是文本上有显著特征的线性结构，而是一种情感自身全方位的混响。总的来说，复调式叙述是指在同一叙事中并行着两个甚至更多的声音的叙述方式，借用音乐术语称之为"复调叙述"。

随着后口语诗歌的进一步发展，单一性的"叙述"出杰作的难度越来越高，复调式叙述的探索和使用会更加突出，甚至对无调性音乐用迷乱的音响组合表现人的复杂的灵魂世界中的元素的有效吸取会出现新的口语诗叙述形态——口语诗诗歌中的后现代主义精神与无调性音乐的特点真是天然性地趣味相投。

如何在叙述中排除情感——表现过程中的杂音问题。在对朱剑、西毒何殇、黄海、艾蒿、李海泉、王有尾、伊沙的诗歌分析中，我把研究的视觉集中在叙述表达上的技术特点问题中，并没有深入到"人本"的解读。这也是文学批评和文学理论阐释差异中的一点，因为文学理论阐释容易、做出文学批评艰深，况且他们诗歌成就的丰富度在批评家没有投入更大的精力全面精耕细读之前，贸然从"文学批评"的角度入手必定会不得要领。当诗人左右的诗歌呈在案头，从口语叙述技术角度解读成了大问题——左右的存在就是对"口语写作"说法的挑战，尤其在左右转向后口语诗歌创作之后，因左右身体失聪的原因，在左右身上，日常生活的说话与口语诗歌中的叙述分成了非常明显的两部分，左右的口语是一种内心声音化的口语，无法用口头表达而可以用文字呈现的状态——这是一种很另类的状态，在左右的口语性较低的诗歌中，感觉的强度和情感的纯度异常的突出，能否找到一种"排除情感——表现过程中的杂音"的叙述经验，艾蒿的诗歌提供了一种途径，左右的诗歌又提供了一种途径。我们通过对左右的诗歌《我是多么想听见那些该死的声音》的分析，对如何在叙述中排除情感——表现过程中的杂音问题做已有经验性的探索。

《我是多么想听见那些该死的声音》
左右

失聪二十年
从未戴过助听器
几日前，由妹妹陪同
去民乐园科林助听器店测试听力
久对声音麻木
已经不知声音为何物
当助听器内发出一阵刺耳的声响时
我误以为，我听见了声音
激动地抱住妹妹
测试员说：别急，那只是震动

这是一首全叙述的后口语诗歌——诗人不借用叙述之外的其他表达"完成"的一首诗歌，比如前面提到的伊沙的《春天的乳房劫》也是全叙述诗歌。全叙述的诗歌有个特点，可以把"事实"中的"诗意"呈现得最"饱满"。在"写"的创作现场，那种状态的叙述无限接近诗意？我以为就是《春天的乳房劫》和《我是多么想听见那些该死的声音》，让人听不到一点意图、观念、意义上的"杂音"。"失聪二十年／从未戴过助听器"对事实的诚实叙述，起笔就能把读者带入诗中（很多口语诗人的诗歌没有这种效果）；"几日前，由妹妹陪同／去民乐园科林助听器店测试听力"，事实存在的常规叙述，对后面的叙述有伏笔作用;"久对声音麻木/已经不知声音为何物",生存事实下的状态叙述;"当助听器内发出一阵刺耳的声响时/我误以为,我听见了声音",承接前两句的现场性的感觉化的叙述,对起笔的两句做到效果上的增强(诗意的强化);"激动地抱住妹妹/测试员说:别急,那只是震动",这种超乎"常态"的行为,把惊喜如狂和兄妹之情展露无遗,天性的纯,情感的纯保证把"杂音"阻隔在叙述之外——人本的作用在叙述中体现到最大。如何在叙述中排除情感——表现过程中的杂音?功夫在诗外,感觉好,意识到,心地正,在人本作用下,让内心的口语之音自由而自然地溢出——失聪没有形成我们担心的障碍,还有可能在排除叙述杂音上具有独特的天赋。

  从理论分析上,我们还可以从时间元素、空间元素、典型性叙事、叙述视点效果以及其转换、虚构与事实之间的联系等角度对后口语诗的"叙述"问题做出分析。本文引用叙事学"复调叙述"的"机械化"分析,从三个突出的"点"进行,"恐怖"地把诗歌按在理论的"手术台"上解剖的尝试,目的是对后口语诗歌的叙述特点做出进一步的梳理,试图得到丰富口语诗歌叙述表达的经验。在实际创作中,叙述技艺的处理是一种内化并被遗忘的"存在",在"写"的实践中,经常会有一些"手端的感觉"在你的意料之外莫名其妙地跑来支援,形成了个人化独特的经验。

君儿

口语诗，如何写出事实的诗意
　　——简评《口语诗——事实的诗意》

　　2014年，伊沙以《新世纪诗典》为蓝本主编《中国口语诗选》时，我是一个落选者；2019年出版的《口语诗——事实的诗意》(《中国口语诗年鉴2018卷》)，同样是由伊沙主编，唐欣、马非副主编，我以接近满额的4首诗作入选，这是不是从一个最小的侧面和个例证明了口语诗一直在前进，证明了中国当下最先进的诗歌品类和武器——后口语诗创作已进入到开花结果的丰收期，其实它一直在忽略、诟病、诋毁、反对与谩骂中创作与丰收着，你们视而不见它，它也在，你们用难度、口水、段子、平面化、碎片化呵责它，它也在，你们围攻、打倒、抖音、大字报它，它还在，以伊沙其人其诗和其口语诗理论建树为灵魂为圭臬的现代口语诗创作始终是走在时代前面的真正捐起闸门的那一支，是当下汉语诗歌的中流砥柱。口语诗的发轫是在20世纪80年代，经过前口语到后口语直到21世纪的第19个年头，整整37年时间的产生、发展、分化演变、质的突破与飞跃，使"口语诗"这一最具创作实绩与理论形成能力的崭新的文学概念与诗歌形式获得了诗歌盛唐般的气象与成果，成为中华文明史上源远流长的诗歌一脉又一个凸起的高峰。

一、口语诗是这样一种诗，你只有写了，才知道它有多难写好、多难驾驭、需要冲破多少社会的、习俗的、人性的、自性中的羁绊与习见，抵达真正的自由之境。

一次次打开桌案上的这本《口语诗——事实的诗意》，用了整整两天时间一页页把它读完，觉得这真是一件奢侈又不可思议的事，那感觉就好像你心中一直有一个朦朦胧胧的梦想与渴望，一直希望见到它，路遇它，哪怕只是与它擦肩而过至少知道它在，特别是《中国口语诗选》之后，这个愿望便成了有形有质的一个内心的念想。2018年10月30日，它竟然果然真的就在了，在反伊沙反口语诗的逆浪中，如一记晴空霹雳一扫芜秽与喧嚣，摆在我们面前，即使当时还只是一条网上消息，但又是多么让人振奋和激动的消息啊。主编、副主编和10位编委都是口语诗已写到至好和非常好的诗人，主编伊沙就更不用说了，他们中1个"50后"，3个"60后"，3个"70后"，3个"80后"，2个"90后"，1个"00后"，完美的搭配组合，强大的编诗阵容。在如此短的时间里，就为诗坛贡献出这样一本含金量杠杠的诗选，包含优秀的口语诗作品382首，诗人177位，加上序、跋，共9位诗人奉献了他们的16篇有关口语诗、伊沙诗歌和口语诗大展的理论文章，其中一些篇章出现时就是作为战斗檄文而生，锋芒毕露，一针见血，既有口语诗概念的阐发，又有具体而微的分析论证。一次次开卷掩卷，一次次面对这样一块深粉色的仿佛从天而降的金砖，其实我们怎样感谢主编、副主编、编委都不为过，特别是马非，我想，没有这只雄踞高原的口语之鹰，这样一本书的出现恐怕还要假以时日。

几乎每一首都那么好，这种"好"如此波澜不惊又如此神鬼莫测，全都看似平常其实功力了得，但怎么能让那些不会写也掌握不了这种先进诗观和诗写方式的人懂呢？关于口语诗，伊沙、唐欣、沈浩波、赵立宏、西毒何殇、庞华、韩敬源等诗人都进行过最好的论述，但理论只是筏，它的作用是帮你渡河，至于你渡得过去渡不过去，全凭你的脑与心，你的力与勇，如果你的意识和感觉根本就是腐朽的落后的甚至只为混个诗名展示个人小才情而写诗，再好的筏到你手中也不过是根烧火棍吧。我有时想，万事万物无不如此，有缘人得渡，无缘人搁浅与观望也或者望都不望，这样的两种生灵彼此相对，无异于此风之马望彼风之牛两不相干吧。渡得河去，筏便无用了，可舍可弃，随你自便，而有些人连筏的边儿都摸不着，想想实在是可悲的一件事。同是写诗的人，本来可以称为同道，可以视为亲人，但现实怎么样呢？读读伊沙《怒放：风口浪尖上的序》吧，站在先锋写作潮头创作30余年的战士般的诗人，他在口语诗群外的官方诗坛和准官方诗坛得到的"礼遇"是什么？

中午在海河边散步，突然觉得有话想说，遂在手机备忘录里记了下来："没有足够的精神储备，没有一双善于发现的眼睛，没有对复杂人性和自性黑暗入木三分的体察，没有灵性与智慧，想写好口语诗谈何容易。它不是诗歌的低级形式，正好相反，它是目前存在的各种诗歌品类中最难写好的最高级的形式"。对于一个本不是搞诗歌理论研究的人，我只能从自身的写作实践中悟，从众多口语诗人的好诗佳篇中悟。比如我随手翻到的青年诗人阿煜这一首《探监记》，写"我"和妹妹去监狱探望父亲,父亲因为比别人多穿了一件醒目的马甲,就让回途中的妹妹兴奋不已,"爸爸一定是当官了／对吧"。读罢真是让人无话可说,五味杂陈!这就是口语诗,在看似明白晓畅的叙述里,实际已完全抵达、应有尽有,思考、意识、感觉、观察、把握与呈现,哪一点不到位,都不可能有这首诗,那些诋毁口语诗者最爱说的一句话是这也叫诗,我一天能写100首。估计穷尽其一生,我们也难见其真的写出。口语诗写作的前提首先你要是一个真正自由的人,至少是内心自由的人,没有这一点人格独立意识,没有不为体制、金钱、地位、习俗等等所左右的独立精神,没有追求艺术真谛与艺术真实的行动与努力,都不可能写好口语诗。

传统的抒情和意象诗中,写不到、写不了也写不出的多少"真实"与"真相"都在口语诗人笔下"活"了起来;传统抒情诗和意象诗中,多少从未被触及的领域、题材、情感与事物都在口语诗中得到了最好的表达。说简单一点,这种形象还原、感觉还原、语言在场的不隔与直达的口语诗写作特点何尝不是文学艺术创作所要抵达的自由之境。感觉最好的一个检验方法便是,读10首传统的抒情诗,再读10首优秀的口语诗,合上书本,你看一下自己不用脑子都能记住的情景与细节来自口语诗还是抒情诗。第一遍读完《口语诗——事实的诗意》,我把书合了起来,能用自己的语言复述出来的诗就已经那么多,陈放平《嫁给煤矿工的女人》、大九《稿费》、杜撰《就像什么也没有发生》、侯马《吃灯泡》《贰分》、还非《米汤》、刘溪《母亲是飞走的》、梅花驿《头上插满花的女人》、起子《丫头》、沈浩波《开悟》《蓝棣之教授》、孙成龙《杀爸爸过年》、唐欣《陪伴母亲的下午》、天狼《后脑勺》、王有尾《传教与赶集》、吴雨伦《赠徐志摩》、湘莲子《广州黑人》、徐江《辫子》、伊沙《千年雨》《求索》、易小倩《烟贩父亲》、于行《没落的皇族》、张明宇《父与母》、朱剑《血吸虫病》、邹雪峰《磨刀记》等，有些诗上过伊沙主持的《新世纪诗典》，有些诗在日常选诗时读到过，所以印象便更深，这些诗里，你找不到笼统的大词与不明所以的意象，找不到振臂一呼应者云集的假大空言，但你可以放心地找到你我真正在经历的生命与情感的真实在场，找到并进入完全开放状态中内心的自由之境。

二、事实的诗意中，事实如何选取，什么样的事实才是口语诗创作需要的事实，口语诗真的只是简单叙述一件事、一个片断、一个场景吗？未见得吧。

不妨用一个又一个具体而鲜活的诗文本试说一二。

《千年雨》
伊沙

我从日本归来
长安大雨如注
一路未用的伞
终于撑开了
从伞下

> 我一眼瞄见的
>
> 乱云飞渡的长安
>
> 是一千年前
>
> 遣唐使从斗笠下
>
> 瞥见的天堂

2018年夏天，伊沙带新诗典团赴日本，写出了一大批脍炙人口的好诗，其中最棒的《求索》已登上了《新世纪诗典》，回途中他又贴了此诗，记得初读时心中一震，长久浸淫在诗中的同道都理解，面对一首诗时的这一震不可能来自别处，它只可能来自难得的好诗，是不是所有上好之诗都有这样一个共同特点，它让你闭嘴，让你无言。无言又必须要说时，该说什么呢？这首诗中，从日本归来是"事实"，撑开一路未用的伞是"事实"，乱云飞渡的长安虽然也是"事实"，但如果你没有慧目没有一颗敏锐的诗人之心，相信你是看不见的，即使看见了你也不会传达出来，而一千年前遣唐使从斗笠下瞥见的天堂，就是伊沙所言的我家后院井中那口绝世宝剑了，心力、笔力、经验与智慧，一样达不到你也不可能写出，而谁说它不同样是一种"事实"（"真实"）？！据说日本的京都、奈良很多建筑正是模仿大唐长安的建筑而建，当时文治教化繁盛的大唐，真正是万众瞩目的世界大都会，至少是当时东亚以东各族群为之向往的大都会。"秋风吹渭水，落叶满长安"，即使现在念起这首诗，都会生出很多意境。常常惊叹于伊沙诗作肌理的质感与奇迥，"事实"的精微难料与别开生面,像有一双通灵之目之手随意摘取而又无比妥帖,这真是因为13000多首诗累积而出的经验吗?不全是吧,他1988年就创作出了有着划时代意义的《车过黄河》。伊沙三四十年的诗歌创作究竟写到了多少"事实",值得有志于此的诗人和学者深入研究,也许读着品着,你就有了愿意一写的冲动。

《开悟》

沈浩波

中央电视台的主持人
名校毕业
高大英俊
自命不凡
觉得人间一切
已不在话下
转而追求
灵性的觉醒
走上了修行之路
那天我们一起吃饭
他告诉我
他已经开悟了
是突然开悟的
他还问我
有没有看到
他身上有一层光

我说没看到

这并没有

打消他的兴致

他仿佛置身

人类的巅峰

兴奋极了

我向他要

他欠我的十万元钱

他手一挥

"这个以后再说"

读完不禁大笑，这首诗有点像《玛丽的爱情》，比《玛丽的爱情》更幽默、更谐谑，我始终不解，在如此好诗面前（也许还算不上沈浩波最好的诗），他们为什么还要睁眼说瞎话，说口语诗是日记、是段子的有，说口语诗无难度指向单一的有，说七说八，唯一看不见的是口语诗揭示现实与人性百态的诗生动形象与入木三分，而且是用最简单的我们嘴上说着的语言，谁都能看懂的不用注释和图解的语言，真正"亲民"的诗歌，反被群盲污名。好诗看似简单，其实它的况味最是复杂，咀嚼不尽，看似平常和好写，其实最难拿捏。浩波把这个欠钱不还的"事实"写得如此舒服，神形具备，真是让人联想多多。我有同样的经历，相信其他诗人也有过类似经历，但写到如此传神的诗恐怕不多。它让你过目难忘，许久才合上嘴巴。

再来看书中侯马的一首：

《贰分》
侯马

有个小伙子在西打磨厂
协和医院旧址门前掏兜
硬币掉在灰色的海绵砖上
叮当一声从我身体深处
唤出一个七岁的孩子
我没想到他还在那里
我感受到他手攥伍分钱的财富
壹分的怜惜和贰分的平静
我没想到我依然是我
经历了诸多沧桑
我第一个念头就是希望
我退休以后他仍在
朝夕相处
是我好友

面对这样的诗，那些一天能写 100 首的哪去了？还敢再说吗？这首复杂难言的诗本身多像一部用蒙太奇镜头拍成的电影场景，每一个"事实"都是一幅清晰的画面，有读者看在眼里的"事实"（有个小伙子掏兜硬币掉在灰色的海绵砖上），有诗中"我"的记忆里曾经的"事实"（七岁孩子也即被瞬间唤醒的童年之"我"手里攥着的伍分钱的财富,壹分的怜惜和贰分的平静),有想象里未来的"事实"(退休以后朝夕相处是我好友),这些画面它们交叉并置,错综缠绕,甚至时空穿越,最后多重叠加、推进又拉远拉远又推进的效果真是让人百感交集,并带着一缕黯然神伤,懂电影的同行于此能说出一连串电影艺术大师的作品吧。侯马出生于"文革"开始前一年,童年曾有很长一段时间是跟着爷爷过的,一个孤独的少年,过早体味了贫寒境遇下生之艰难与友情的珍贵,那个时候,走在路上捡到或被亲人给予伍分钱,不,也许只要贰分钱,已经是多么神奇的事,能让一个少年高兴几天的大事。

"事实的诗意"最早是由伊沙提出并始终在践行的,这么多年来,他也一直在强调和提醒创作者这一点,记得他还说过"超低空飞行""说人话的诗",它们指向的当然都是口语诗。只有口语诗,"事实"显得如此重要和不可或缺,口语诗人打死也不愿干的事,我想就是像某些"知识分子"一样必须端坐书斋之中,凭空想出一个词或一些模糊的意念,然后就能捋着线头天马行空,修辞造句,装饰周延,如此一番漫延开来,好像高深莫测,其实全无真诚。因为最初写作时我也写过用力过猛和文艺腔十足的诗,现在再回首,知道它们是落后与并不自信的产物,是观念没有更新的产物,也是墨守成规不思进取的产物。好诗不用遮羞布,它坦然显露的是内心与灵魂的真实,当下一念的真实,"事真"与"情真"水乳交融,不分彼此。好的口语诗,没有夸大一分,也没有减损一分,它是"事实"本来的样子,是已达,是既到,也可以说是触手可及。

三、口语诗的"诗意"是怎样生成的？

这里需要说明的是，如果不是前几天马非提出让"君儿抽空给年鉴写一篇书评"，我岂敢在这么多口语诗大家面前班门弄斧，我又怎么说得清"事实的诗意"从何而来？一己的体验能否也是大家的体验？但既然马非信任，我又有什么理由不干？何况马非说了，给口语诗年鉴写评的诗人会考虑优先入选2019年年鉴第二卷，我心飞扬，不敢不提刀来见。

上面算是在好友面前的一个玩笑，但面对这块"金砖"，立马正襟危坐，把自己的一点浅见和盘托出，见教于大方之家。我留意到这部书里，收录了上至1950年后下至2010年后的以60年为跨度的7个代际的老少诗人，一部真正打破了论资排辈、唯口语诗是取的好选本，这一点也秉承了伊沙和《新世纪诗典》的风格，敢于选，也敢于不选，其开创的意义与史学价值自不待言。

书中有开口语诗风气之先的王小龙先生，他也刚刚荣获了基于本书的"首届中国口语诗奖终身成就奖——金舌奖"，书中，他写了《滑雪衫》，回忆了二人世界的温馨，他写了《眼罩》，里面有独属于他的黑暗与光明，他写了《便利店》，轻松幽默中的都市一景，写了《手臂上的牙印》，"我"与牧羊犬哈瑞的"万念俱灰"的故事，此诗滋味难言，你应该自己去看。

有1984年就写出了大好口语诗佳作的唐欣，我的诗兄，去年刚刚荣获了"新世纪诗典李白诗歌奖终身成就奖（第七届）"，他是在中国研究口语诗并写成专著的第一人，著作名称是《说话的诗歌》。本书中唐欣入选的5首诗，你一眼就能认出来，那是独属于唐欣的"唐欣体"，复调、高雅、温情、博学，最重要的是平易近人，可亲可感，如他说话一样。你可以多读读《陪伴母亲的下午》，唐欣和伊沙在写母亲题材上，好诗多多，每一首都让人铭心刻骨，难以磨灭。不要以为他们写了什么高大上或者高精尖，错了，诗中全是日常与细节，比如为了打破沉默，儿子给母亲唱歌，儿子用尽了力气，而母亲给出的最后评价是逝去的"爸爸"母亲的丈夫"当然比你唱得好多了"。

有创办了《葵》刊和"葵之怒放诗歌节"，伊沙、侯马的同师同门同窗徐江，也是论坛时代之初我现代诗写作的引路人，他是大家公认的口语诗人中的"知识分子"，其诗批判色彩强，底蕴深厚，风神俊逸。近年来，他的写作更是四面开花，多种题材和风格并行推进，读者不妨细品本书中的《灵歌》和《辫子》，它们可以代表徐氏口语诗风格的"事实的诗意"。

有虽然比我晚生，但写作时间和写出好诗名篇的时间比我早的马非、朱剑、沈浩波、盛兴等诗人，如今他们都已是口语诗大家和准大家，每个人都有每个人的风格与特色，更确切地说是个性与风采，诗风如此鲜明，毫不含混，无法替代。马非、沈浩波更被伊沙誉为"大乘诗人"，因为他们一直在为诗歌做事，这一点，一代口语诗人已经有目共睹。

有近乎天然与天生的口语诗人，闫永敏、杨艳、易小倩、蛮蛮等。他们是"天生"做到了像说话一样写诗的那一批有生力量，如今都活跃在口语诗创作的最前沿。

有2000年和2010年后的小诗星，其实他们有的都已经是"老"诗人了，比如游若昕、姜二嫚、姜馨贺等随着新诗典一起成长（后两位入典稍晚），诗龄最高的都已达好几年甚至10年左右。游若昕也是在上一届刚刚荣获了"新诗典李白诗歌奖金诗奖"，可见伊沙和他主持的新诗典做了一件多么伟大的事。读她们的诗是一种快乐和享受，成人想不到的视角和心思被这些小诗星眼急手快地一网打尽，成为纯真而难得的上佳之作，她们是中国先锋诗歌未来的希望。

似乎不需要再举更多的例子了，读者应能发现，口语诗不是千人一面，而是各有各的写法，各有各的脾气禀性、"说话"方式与表达技巧，要让我这个"女生"举例，它就像一座春天的花园，桃花是桃花的样子，杏花是杏花的样子，樱花是樱花的样子，梅花当然是梅花的样子，香气袭人，难以抵挡。看起来都是花开叶生，莺飞草长，其实哪有那么简单啊，松树是松树的样子，梧桐是梧桐的样子，银杏是银杏的样子，口语诗人接地气，懂生活与生命，所以他们从来不是无源之水，无本之木，他们按自性一路长去，长成自己本来该有的样子。所以，你如果要问什么叫"事实的诗意"，这上面全部的话其实就是回答，已是回答。唐朝大诗人李白说"清水出芙蓉，天然去雕饰。"我理解，朴素地说出就是"诗意"所在，无欺的表达就是"诗意"所在，鲁迅当初写到的伊沙在日本山海间继续追问的"埋头苦干的人/拼命硬干的人/舍身求法的人/为民请命的人"，他们本身就是诗意所在，是现代中国的国魂与诗魂。

既然是有关诗歌的话题，就还是以诗来作结吧——

《没落的皇族》
于行

昨晚我翻箱倒柜
找到一本陈旧的族谱
上面说我们这支人
是长沙定王刘发之后
到今天早上
起床拉屎还在想
要不要告诉种地的母亲
做泥水匠的叔伯
修车的堂哥
我们是
没落的皇族

  没想到吧,世界上还有这样的诗,差不多算是屎意中的诗意,却是一首绝对好诗,至少是我认为和喜欢的好诗。忘了是哪位诗人论述过,口语诗首先是一种冒犯,这就对了,冒犯本身不正是一种"事实的诗意"。何况它岂止是冒犯,寥寥几行,把堂堂大汉都牵扯了进来,而与高高在上的"皇族"对应的却是"种地的"与"做泥水匠的"以及"修车的",幽默中发人深省,事实背后有诸多余味。记忆中于行好像也是一位"90后"诗人,他们已经写得多么好。

2019 年 4 月 11 日至 12 日于天津

伊沙

狂犬疫苗

婚姻上有"七年之痒"之说,《新世纪诗典》赶上了个"八年之咬":被疯狗咬了两口,得注射狂犬疫苗。

这篇就是狂犬疫苗。

回到2011年,《新世纪诗典》在上半年开创,中国XX网在下半年出笼,前者是网络进入微时代后应运而生的产物,后者属于论坛时代已经结束错估形势顶风而上的结果,八年下来,高下盛衰,一目了然:前者一跃而成"全球中文诗歌第一平台",后者不过是落后诗人与低层次爱好者的花名册;前者每日推荐一诗精心打造的系列选本,已经成为业界与读者心目中的"年度大典""权威选本",后者所出之双年选甚至没有留给大家稳定的印象;在经营上,前者理念先进、得道多助、运转已入良性循环,后者不过是个白白投入的赔钱货……

八年下来,如何是好?

说句老实话,过去八年中,我从未在哪怕一个瞬间里将其视作竞争对手,差得太远,再加上中国XX网初创时还曾邀我做评委,八年之中也数次推荐我的诗,在感情上我是与其为善的,怎么也不会想到一个阴谋已在秘密谋划,他们已在暗中招募恶犬,准备放狗咬人……

终究是中国人,采用的是常规操作:明面上竞争不过,就使盘外招……阴谋在商业时代拥有一个好听的名字:策划——这个策划案何其老练成熟周全:选一条想出名想疯了的恶犬,利用最新的网络媒体——抖音,与长期合作伙伴《XX头条》配合默契,一骂伊沙,二骂口语诗,三骂《新诗典》……内行人惊呼:这也太懂行了!事实上,策划者便是一位资深而又著名的诗评家(其诗人身份寡淡到可以不提),诗歌史上的机会主义大师,八年来为中国XX网殚精竭虑,收效甚微,心有不甘,其职业正是房地产策划人。

既被暗中盯上,那就跑不了了,《新世纪诗典》就这样被卷入一场中国诗歌史上规模最大持续时间最长的骂战,成为骂战中的一大热词。今年春节过了,本以为过年的气氛会让这场当时已经持续半年的骂战自然休止,不料一号恶犬意犹未尽,又掀狂咬,又拿《新诗典》开刀,来炒作他所炮制的里尔克、闻一多领军的《汉诗三百首》(2018年卷)一书:骂人炒人,骂诗炒诗,骂平台炒平台,骂选本炒选本……一个精心的策划,得到了最终有力的后证。

过去七年中,一片祥和中做着《新诗典》,我曾公开发帖感叹过:如果前移到"诗江湖"论坛的十年中去做,天天有人刷我大字报,如此感叹,说明我还幼稚,话音未落,骂战爆发,过去七年中欠我的骂,用大半年的时间给你一次补齐！这大半年中的咒骂之言，足以让我跃居全球被骂最多的诗人，对于这个"冠军"，外国诗人毫无竞争力，跟我相比，他们更像妈宝……

一个诗人牺牲自己的宝贵时间和有限精力，坚持2966天（以今天计）推荐同行的作品，让一个女诗人疑惑在什么时间过夫妻生活（身为已婚男人）……如此之诗人，不该换来一片骂！根源所在我当然自知：做好事无错，将好事做到最好有罪！"枪打出头鸟""出头的橡子先烂"是中国人的生存哲学，也是中国人的道德逻辑。一个并非高大上机构的平凡个体，做成了一个最有效的平台和最权威的系列诗选，还有一系列最风光的诗歌活动，那么不骂死你骂死谁？！

我洞悉了其中的阴险邪恶，所以才会拼死一战迎头痛击！现在我可以很有把握地说：我在作战中所想达到的目的可以轻而易举地实现，那便是：一战打出两年的和平，换取《新诗典》的轻舟穿过两岸猿声与犬吠跃过它辉煌壮丽的十周年！向来坐享其成爱惜羽毛的和平主义肥鸽安知我胸有战略与宏志！

多年以来，中国诗坛之道德低下已经到了不把坏人当坏人的地步：我欲上位靠骂你，无所不用其极地造谣、谩骂、肆意抹黑，被当作性情中人！他们相信众口铄金，谎言重复一百次可以成为真理！被骂对象必须真正过硬，方才能够立于不败之地，《新诗典》巍然屹立，毛发无损，一身正气，正显高大。

随着春天的到来，《新诗典》也迎来了又一个春天，《现代诗写作》在西安外国语大学的开设，自成里程碑：是中国内地高校首次开设诗歌写作课（以往都是鉴赏课），但也为《新诗典》新增了一种推荐方式：作为常规教材，直通大学课堂，三分之二个学期过去，已经有上百位中国当代一线诗人(均为《新诗典》第七季入选者)被讲过。以往,上了传统教材的诗人而被讲到的诗人大多为死者、封笔者,远离诗坛第一线,高教比文学界落后太多……

看来《新诗典》还在向上走,坏人们,真是枉费心机!

2019年5月17日于长安少陵塬

附录部分

首届中国口语诗奖授奖词和受奖词

王小龙授奖词

1982年，作为最初发现《出租车总是在绝望时开来》的诗人，王小龙写出的不仅是当时中国最大的城市上海的日常现实，也是一种建立在都市生活基础上的富于哲学意味的当代感受和当代意识，更暗示了诗歌的另一种可能的方向和道路，这使得他不多的几首作品成为中国口语诗的开山之作，影响深远。他的新作依然闪耀着锋芒。追根溯源，特授予王小龙先生"首届中国口语诗奖终身成就奖——金舌奖"。

《中国口语诗年鉴》编委会
中国口语诗奖评委会
2019年4月9日

王小龙受奖词

简单说，就三句：诚实还是一个高标准；绝不操着中文说外语；诗就应该是冒犯的，不想冒犯就别写了，处心积虑地去讨好贱不贱？

假如允许多说几句的话，20世纪80年代头上，我和几个同道开始练习，拙笔写作，至今张望前途，仍然看不到尽头。

所以，看到一些朋友一如既往孜孜不倦地拽词造句，很想替他们在每一行后边都加上括号此处应有掌声。对诗的大小政客真是烦透了，不用口语，你用的是外星文字？别强词夺理扯那么多，那诗能念吗？我坐在下边欣赏过好多次了，实在尴尬。

诗就应该是冒犯的，冒犯诗的狗屁规则是理所当然的，冒犯人的虚伪和社会的道貌岸然才有意思，谁让你活在这个世界啊，你的任务就是让它也不好过。老有人说什么"无用"，很高级的样子。其实"无用"是一种身段罢了，仔细辨认一下，那些挥舞诗之"无用"的朋友无一不是用过了用足了的既得利益者，要我举例说明吗？想起长辈踢小兔崽子屁股时会骂，没用的东西……

感谢《口语诗——事实的诗意》的编委和评委，你们给了我写下去的信心和力气。

2019 年 4 月 12 日

朱剑授奖词

在 2018 年度的中国口语诗里，素有"短诗王"美誉的诗人朱剑，以《血吸虫病》《也是人民》《算法》等作品令人眼前一亮并会心而笑，虽然貌似轻轻松松，舒舒服服，完成得一点也不刻意，一点也不勉强，但依然是一剑封喉，剑气逼人。他总能够在纷纭的事物里迅速抓住骨骼和脉络，也即是"真相"和"实质"。由此成为这个时代诗意的发现者和创造者。好中推优，特授予朱剑先生"首届中国口语诗奖年度最佳诗人奖——银舌奖"。

《中国口语诗年鉴》编委会
中国口语诗奖评委会
2019 年 4 月 10 日

朱剑受奖词

2019 年春天,《中国口语诗年鉴》第一本《口语诗:事实的诗意》正式出版,搁以前,这是一件无法想象的事情;与此同时,首届中国口语诗奖也随书诞生,搁以前,这同样近乎天方夜谭。

但一夜之间,一切就都成了事实!

为什么会成为现实?事在人为!

这些人包括几十年来数代口语诗写作的信仰者、实践者和推动者,尤其是:王小龙这样的开山前辈、伊沙这样的创新者和全面建设者、马非这样满心执念且办实事的口语鹰,他们皆大人物也。

如今,不管有人是天生的后知后觉,或者故意视而不见,口语诗都是当下最先锋、最有原创性、最有价值、最有方向性的写作。在我看来,先锋的前提条件就得是口语诗,不认口语诗而谈先锋,相当于指着跑马拉松的第二、第三集团的人说:"他们跑得最快!"显然,这不是事实。

从没有一种写作像口语诗一样既接地气又能反映出世界潮流;从没有一种写作像口语诗一样一下子就能把住当下变化莫测的生活的脉搏;从没有一种写作像口语诗一样能如此

展现出时代变迁中复杂、丰富的人性;从没有一种写作像口语诗一样让我写完一首诗后诚惶诚恐不知其到底是好还是不好,它充满实验性,没有标准答案,深不可测。

很荣幸我获得了首届中国口语诗奖年度最佳诗人奖——银舌奖,这是一个年度最佳奖,是严肃而苛刻的同行、内行对我过去一年写作的肯定;同时,我也不是因为自己得了这个奖而在此猛夸口语诗,我一直在夸口语诗,天天挂在嘴边。

感谢中国口语诗奖评委会,感谢诗人唐欣给我写的精彩的授奖词!

2019 年 4 月 10 日

闫永敏授奖词

出道时间不长,但已广受注目的青年诗人闫永敏,在2018年度仍然给读者人以惊艳之感。她的《看着自己成为帮凶》《5·20 相亲会》《母亲节看电影》等诗作,用她标志性的天真口吻,轻盈俏皮,摇曳多姿地写出了时光、命运和家国之重,也展现出口语诗的特殊魅力,令人印象深刻。擢拔先进,特授予闫永敏女士"首届中国口语诗奖年度最佳青年诗人奖——铜舌奖"。

《中国口语诗年鉴》编委会
中国口语诗奖评委会
2019 年 4 月 11 日

闫永敏受奖词

喜欢口语诗,一见钟情。我时常想起2013年夏天,下班后,我趴在床上反复看《新世纪世典》(第一季),这是我接触口语诗的源头(虽然伊沙强调"新诗典"不是口语诗选),心想:诗,原来还可以这样写。我后来也写出了口语诗(通过大家的反应得知),但弄不懂自己算不算口语诗人,直到《中国口语诗选》的出现。我这样迷糊,主要原因可能在于我不懂诗歌理论,估计以后也不会懂(懂一些比较好)。现在,又得了口语诗的奖,被馅饼砸中的感觉。我觉得我像一只小船,顺着风和水的推动,把自己漂到一个风景优美的地方。感谢推动我的风和水,感谢我的好运!

我属于有什么就说什么的性格,口语诗让我写起来不别扭,合乎胃口。我们这些活生生的人,过着活生生的生活,写出来的东西也应有相同的质地。但说起来容易做起来难,我现在愈发感到力不从心。慢慢来吧,我安慰自己,心急吃不了热豆腐。我想一直这样写下去,到老了回看自己一生的诗,最好在躺椅上看。去年夏天的一个雨天,我躺在躺椅上一边吃雪糕一边玩手机,母亲说:"你像个神仙!"我准备老了以后,也在躺椅上一边吃雪糕一边看自己的诗。那些我写到的人、事、情绪和思考,有的我肯定已忘记,读起来应该会感到惊讶,像是多经历了一个人生。所以我要在诗里努力做到真实,我不想老了被自己骗。

2019年4月13日

伊沙授奖词

正如闪电总是伴随着雷声，成熟的诗歌，或明或暗，一定也会有成熟的诗学作为支撑和支援。诗人伊沙的《口语诗论语》一文，展示了他关于口语诗诸多原理性的多维思索，天花乱坠，妙语迭出，含金量极高，为我们全面理解和认识口语诗提供了崭新的角度和参照系。既像灯塔，也如堡垒，是口语诗理论建设的纲领性文献，也是奠定基础的重要收获。立此为证，特授予伊沙先生"首届中国口语诗奖理论建设奖——铁舌奖"。

《中国口语诗年鉴》编委会
中国口语诗奖评委会
2019年4月12日

伊沙受奖词

首届中国口语诗奖理论建设奖——铁舌奖，作为理论批评家的我终于获奖了，甚至晚于作为诗歌翻译家的我五年。姗姗来迟的奖励，却是获得很对的大奖。

我心满意足地接受！

正如我在获悉的第一时间直觉的那样：获奖的不是我，而是《口语诗论语》的作者——果不其然，随后得见的由唐欣博士执笔撰写的授奖词清楚地说明了这一点。

2014年，我应《诗潮》副主编、诗人刘川之邀，编选史上首部《中国口语诗选》（长江文艺出版社次年出版），我自觉应该有篇分量很重的长篇序言,才能压得住带得动该书,便倾尽全力写了《口语诗论语》,把多年的经验与思考一股脑儿放了进去,从那年七月写到八月,从八月写到九月,从九月写到十月,从中国写到美国,从长安兰屋(我的书房)写到佛蒙特创作中心。我至今还清晰地记得那年10月13日午夜,该文脱稿之夜,我从作家楼走出来,来到创作中心餐厅,自己搞了一杯咖啡,慢慢地品着,感觉自己完成了一件大事,一件大得不得了的事……"曹村娃"笑我等不注重仪式,我的仪式就是一杯纯正的美式咖啡,不是穿着大裤衩的红卫兵的遗腹子在异国同行面前发表社论、喊口号或像一条肉虫一样泡澡……此处该有笑声。

该文首刊于《诗潮》,也随书抵达更多的读者,此后四年,是其在网上传播的四年,一篇诗论被制成多种版本日常性地不断转发,终成行业名篇,这是中国当代诗坛此前从未有过的现象。去年《中国口语诗年鉴》立项,在第一本书,2018年卷中,将此前所有的口语诗理论批评成果汇集起来,是事先制订的编辑方针,于是《口语诗论语》被编入,也便有此次参奖的资格。

"诗人伊沙的《口语诗论语》一文,展示了他关于口语诗诸多原理性的多维思索,天花乱坠,妙语迭出,含金量极高,为我们全面理解和认识口语诗提供了崭新的角度和参照系。既像灯塔,也如堡垒,是口语诗理论建设的纲领性文献,也是奠定基础的重要收获。"感谢评委的认可与肯定,尤其是"堡垒"一词,非大内行道不出。在"反伊大战"中,在诗学意义上，所谓"争论"从未构成，这篇文章像大山一样压在敌人身上，不论"曹村娃"还是"反伊十八子"，不论伪军还是汉奸，包括那些口语诗的新老叛徒，都被压得翻不起身。

"反伊大战"中，"管垃圾"嘲笑我这么多年还没当上正教授，人活一世，选择大全，如果当初我选择八股丑文，整天盯着核心C刊，钻营各种课题申报，学院体系中的一切利益都不成问题。但是，我关心的是好诗、美文，解决问题的批评，富有原创的理论，我关心的是硬件上的大诗人，诗豪＋文豪！我关心大师胜于老师！关心诗人胜于教授！那就去他妈的吧，"舍得"二字我是懂得的。

我想说：这个奖正是对这种选择的肯定，对我的价值观的肯定，概因如此，我分外珍视，展望未来，豪情满怀，绝不回头！

谢谢！

2019年4月13日于长安少陵塬兰屋